Giovanni Verga

Rose caduche

ROSE CADUCHE

PERSONAGGI

ADELE LANDI

ALBERTO GILIOTTI

LA CONTESSA BAGLINI

LUCREZIA

PAOLO AVELLINI

IL CAVALIERE FALCONI

LA SIGNORA MERELLI

IL COMMENDATORE GAUDENTI

GIULIETTA

TONIO

UN DOMESTICO

ATTO PRIMO

Giardino della Contessa Baglini a Montenero, presso Livorno. A destra un'elegante pagoda chinese, più in là un viale con pergolato; a sinistra un grande viale; in fondo una serra da fiori a vetri; dinanzi al padiglione un tavolino con albums, giornali, ecc., presso il viale un sedile.

SCENA I

Il cavalier Falconi dal viale di sinistra, e Tonio dal padiglione.

FALCONI	La contessa?
TONIO	Sarà qui a momenti, signor cavaliere.
FALCONI	(*consultando l'orologio*). Temevo d'essere in ritardo. Il *rendez-vous* non è per le dieci?
TONIO	Non sa nulla adunque di quel ch'è accaduto al commendator Gaudenti?
FALCONI	No davvero.
TONIO	Nel seguire a cavallo la *calèche* della signora contessa è andato giù bel bello, e si è trovato, senza sapersi poi il come, fra le quattro zampe d'*Isolina*.
FALCONI	(*ridendo*) Ah!… ah!… ah!… Ma questa è magnifica in parola d'onore! Quel caro commendatore non ne fa mai delle altre!… e se *Isolina* non gli ha giocato qualche brutto tiro è stato in grazia della sua buona educazione e non per riguardi alla Commenda!… Ah per bacco!… Un cavaliere… un commendatore per sopramercato, che non sa tenersi in sella!… La signora Merelli ne sarà desolata!… Ridi, briccone?
TONIO	Io, signore?
FALCONI	Ridi, ridi pure! Al Club se ne riderà per una settimana. Ma se quel disgraziato commendatore avesse dovuto montare il mio Solimano! quel diavolo di Solimano che fa venire la pelle d'oca ai più arrischiati dei nostri *sportsmen*!… Scommetto che quando mi vedi venire a briglia sciolta dici fra te e te: Ecco lì un matto che arrischia l'osso del collo con disinvoltura.
TONIO	No, signore, le giuro…
FALCONI	No? Me ne rincresce per te. Solimano è magnifico quando vuol farmi il cattivo… bisogna vederlo!… Ma sì!… *oop! oop!*… ha dovuto metter giudizio! Conosce la mano, il furbo! I cavalli son come le donne: conoscono la mano. Non star poi a riferire alla tua padrona il paragone poco galante!
TONIO	Signore… io bado ai fatti miei, io!

FALCONI	Smetti via, mariuolo! Non mi fare il discreto!… e ricordati che quando mi vorrai mettere a parte dei segretucci della tua padrona ci sarà una buona mancia per te.
TONIO	Mi meraviglio, signore!… Io non sono di quelli!…
FALCONI	Eh! al solito! Sei di quegli altri, tu!… Ma si sa che i domestici sono i confidenti volontari o involontari dei padroni… E quando avrai udito quelle signore occuparsi di me, non ti sarai certamente turate le orecchie per la sola ragione che stavi ad origliare dietro l'uscio!… Che diavolo! è naturale. Quelle signore si occupano dei fatti miei?… avranno per questo le loro ragioni… (*borioso*) ciò non mi riguarda! Tu le ascolti?… ciò riguarda te, è il tuo mestiere. Io non ci abbado, lascio vedere e lascio dire… e scommetto che tu sai anche meglio di me che io monto a cavallo come Guillaume, tiro alla pistola come Montecristo e mi batto alla spada con Parise… Ah! birbone! (*in tono di confidenza prendendolo per un orecchio. Poi vedendo dietro le spalle di Tonio la contessa, ch'è venuta pel viale di destra*). Oh! (*Tonio via dalla sinistra*).

SCENA II

La contessa Baglini e il cavalier Falconi

CONTESSA	Da bravo, cavaliere! Siete in vena di famigliarità oggi!
FALCONI	Cara contessa, facevo l'onore qui a Tonio di dargli una lezione…
CONTESSA	Che? avrebbe osato?…
FALCONI	Ahimè tutt'al contrario!… Non osa!
CONTESSA	(*in aria lievemente ironica*). Ad ogni modo vi ringrazio della lezione per quel povero domestico.
FALCONI	(*con galanteria*). Non monta! Me ne date tante, voi!… e non vi ringrazio! …
CONTESSA	(*c.s.*). Procurate di non meritarvele.
FALCONI	Ma al contrario!… Ci tengo!
CONTESSA	In verità non siete difficile!
FALCONI	(*c.s.*). Siete così bella quando andate in collera che quasi quasi sono arrivato a trovare deliziosi i vostri rabuffi.
CONTESSA	È una strana soddisfazione!
FALCONI	Mi ci avete abituato, che volete!
CONTESSA	E se questo vi basta mi sarà facile contentarvi.

FALCONI	Ah, madama! Voi siete crudele!…
CONTESSA	(*c.s.*). E voi non dovete esserci avvezzo… colle altre.
FALCONI	Ma si direbbe che avete preso impegno di vendicare…
CONTESSA	(*sorridendo ironica*). Le altre?
FALCONI	Fui punito col mio peccato! (*con galanteria*). Dal giorno che deposi le armi ai vostri piedi son vittima anch'io!
CONTESSA	(*c.s.*) Badate, cavaliere, che noi entriamo in pieno dramma a gonfie vele. Vi ho permesso di farmi la corte, ma non di farmi della poesia.
FALCONI	Non ne farò più, bella contessa, e comincio dall'approfittare del vostro permesso, prendendone un acconto in buona prosa (*le bacia la mano*).
CONTESSA	Questa è prosa da cavaliere errante.
FALCONI	I cavalieri erranti non sono più di moda, è vero, ma la loro prosa è di tutti i tempi.
CONTESSA	Matto!
FALCONI	Ma a proposito di cavalieri, cara contessa, ne avete di quelli che perdono le staffe!
CONTESSA	Ne ho anche di quelli che perdono il giudizio.
FALCONI	(*con galanteria*). Ah, contessa!… chi potete avere il cuore d'incolparne… voi?!
CONTESSA	Che so io?… Il caso, il caldo, i bagni di mare, i bei chiari di luna… le corse all'Ardenza… un velo svolazzante… un guanto perduto… Domandatene alle signore Merelli, forse ne sapranno più di me (*andando ad incontrare la signora Merelli e Lucrezia che vengono dalla sinistra*).

SCENA III

La signora Merelli, Lucrezia e detti.

SIG.RA MERELLI	Che cosa vuol sapere, mia cara contessa?
CONTESSA	La spiegazione di un indovinello che il cavalier Falconi non ha saputo darmi: che cosa faccia dar di volta a certi cervelli, se una passeggiata romantica con effetto di luna, o un nastro indiscreto che sventoli sulla brezza del mare al di sopra di una tenda dello stabilimento balneare.
SIG.RA MERELLI	Io voto pel nastro.
FALCONI	Per ragion della brezza?
SIG.RA MERELLI	No, per ragion del caldo.

FALCONI	(*Piano alla contessa*). È un motivo da cinquant'anni… con vedovanza.
CONTESSA	(*c.s.*). Stordito!
SIG.RA MERELLI	(*in aria pretenziosa*) Che dice, cattivo soggetto?
FALCONI	Nulla. Facevo delle osservazioni sulla canicola.
CONTESSA	E lei, madamigella?
LUCREZIA	Io sto pel chiaro di luna.
FALCONI	Il sogno di una notte d'està!…
LUCREZIA	(*vivamente con ingenuità ed accento significativo al Falconi*). Sissignore! … Già lei non ci crede!… Non è *chic*.
FALCONI	Io?… Oh, tutt'altro!
CONTESSA	Sicché a voi, cavaliere! Il nastro o il chiaro di luna?
FALCONI	Né l'uno né l'altro, madama, ma il *macao*.
SIG.RA MERELLI	Quando si perde o quando si guadagna?
FALCONI	Quando si perde.
CONTESSA	Oibò! La sarebbe una scusa comodissima per non pagare i debiti di giuoco.
FALCONI	Ecco perché molti si dimenticano di pagarli.
CONTESSA	Volete che io vi metta tutti d'accordo? Sì, è il *macao*, è il chiaro di luna, è il nastro indiscreto. Soltanto avete dimenticato una circostanza importantissima che s'accompagna alla luna, al nastro e alle carte da giuoco.
LUCREZIA	E sarebbe?
CONTESSA	Una bella signora (bisogna poi crederla tale poiché fa girare tutte le teste) che avrò l'onore di presentarvi oggi, e della quale ho fatto la conoscenza or son pochi giorni.
FALCONI	(*con galanteria*). Contessa, io protesto in favore delle belle donne presenti!
SIG.RA MERELLI	Adulatore!
LUCREZIA	Colla mano sulla coscienza?
FALCONI	Con tutt'e due le mani!
CONTESSA	Badate, cavaliere, che prendo nota della vostra dichiarazione!
FALCONI	Volete ch'io la sottoscriva?
CONTESSA	Non vi tagliate le mani, mio caro; la signora Adele Landi venendo qui potrebbe leggere la vostra firma.
FALCONI	Oh! Oh!
SIG.RA MERELLI	La donna del nastro!

LUCREZIA	Il chiaro di luna!
CONTESSA	Ed il *macao* del cavalier Falconi; o più semplicemente la sirena dell'Ardenza, la celebre artista. Mio Dio! Noi altre povere donne abbiamo questo di buono o di cattivo: tocchiamo subito gli estremi con miracolosa facilità. Che il primo fannullone del bel mondo si dia la pena di farci una riputazione qualunque al Club o al Caffè e fra ventiquattr'ore tutti i fannulloni suoi pari si saranno fatto un debito di *saper vivere* di pubblicarla ai quattro venti. La signora Landi è stata fortunata, a quel che pare; io ho voluto vedere da vicino codesta meraviglia. Ho afferrato il mostro per le corna e ve lo metto faccia a faccia. (*al cavaliere*) Chi non saprà difendere il suo cuore dalle unghie di questa leonessa, suo danno!
SIG.RA MERELLI	Ah, un'eroina da palcoscenico! Una di quelle che comprano l'avvenenza al *Regno di Flora* e l'eleganza dai rivenduglioli d'abiti usati!
CONTESSA	Via, signora, noi non abbiamo il diritto di essere maldicenti poiché non siamo ancora sue amiche.
SIG.RA MERELLI	Eh! non è maldicenza, mia cara. Certi entusiasmi non posso soffrirli… (*pavoneggiandosi*) Si sa, codesti cerotti e codesti abiti di seconda mano fanno un certo effetto… ma al lume della ribalta!
FALCONI	Potrei assicurarle, madama, che la signora Landi quel *certo effetto* lo fa anche alla luce del sole.
CONTESSA	(*ironica*). Ah! ecco il cavaliere! Adesso lo riconosco!
LUCREZIA	(*dispettosa*). Sembra ch'ella l'abbia esaminato molto davvicino quella meraviglia… e alla luce del sole!
SIG.RA MERELLI	E che il sole sia stato cocente per scaldare così il suo entusiasmo!
CONTESSA	Povero cavaliere, che vespaio avete stuzzicato!
FALCONI	Non son cavaliere per nulla, belle dame!
SIG.RA MERELLI	Del resto chi la conosce questa elegante, questa incantatrice? Metto pegno che madama Bossi non saprebbe dirci la storia delle sue acconciature, né Marchesini quella dei suoi gioielli di princisbecco.
FALCONI	Niente di meglio! Sarebbe segno che a cotesta storia non c'è l'appendice del conto arretrato!
SIG.RA MERELLI	Le do un consiglio d'amica sincera: procuri di allegarlo meglio il suo spirito, e non ne faccia sciupio per difendere simili avventuriere… Ella è così perfetto cavaliere!…
LUCREZIA	E soprattutto ci lasci tranquille coi suoi entusiasmi da palcoscenico!
CONTESSA	(*al cavaliere sottovoce e con doppio senso*). Il dispetto di quella piccola ape (*accennando Lucrezia*) mi dà a pensare… per voi… Badate, mio caro, vi pungerà! (*forte*) Signore mie, posso assicurare che codesta del cavaliere è una difesa officiosa, di pura forma, e per l'onore del titolo; ma nessuno meglio di lui rende omaggio alla vera bellezza e all'eleganza di buon genere (*inchinandosi alla Merelli*).

<table>
<tr><td>SIG.RA MERELLI</td><td>(minacciando il Falconi col ventaglio). Ah! quel matto sa scegliere il suo avvocato!</td></tr>
<tr><td>CONTESSA</td><td>Ed ora domando indulgenza per la mia invitata… almeno oggi che ho la fortuna di riunire quattro amici qui a Montenero. Passeremo la giornata il meno male che si può. Saremo in otto o nove: la signora Landi, il commendatore Gaudenti, un altro signore che dovrà presentarmi l'avvocato Avellini…</td></tr>
<tr><td>SIG.RA MERELLI</td><td>(con interesse). E il signor Avellini ci sarà anche lui?</td></tr>
<tr><td>CONTESSA</td><td>Certamente, il signor Paolo è dei nostri.</td></tr>
<tr><td>SIG.RA MERELLI</td><td>Ho piacere.</td></tr>
<tr><td>CONTESSA</td><td>Grazie… per lui.</td></tr>
<tr><td>SIG.RA MERELLI</td><td>Il signor Avellini è un giovane distinto.</td></tr>
<tr><td>CONTESSA</td><td>Distintissimo anzi!</td></tr>
<tr><td>SIG.RA MERELLI</td><td>E un giorno o l'altro sarà il luminare del Foro. L'ha detto il Commendatore!</td></tr>
<tr><td>FALCONI</td><td>Ah! se l'ha detto lui!</td></tr>
<tr><td>CONTESSA</td><td>Tutti gli amici del signor Paolo ne sono convinti del pari.</td></tr>
<tr><td>SIG.RA MERELLI</td><td>(marcatamente). Io sono certa che renderà felice la donna che sposerà.</td></tr>
<tr><td>CONTESSA</td><td>Oh… questo poi sta al signor Avellini a provarlo</td></tr>
<tr><td>FALCONI</td><td>In coscienza io non potrei impegnare la mia parola.</td></tr>
<tr><td>SIG.RA MERELLI</td><td>(vivamente). Che! Avrebbe qualche motivo per dubitarne, signore?</td></tr>
<tr><td>FALCONI</td><td>No, certamente!… Come non ne ho alcuno per affermano!</td></tr>
<tr><td>SIG.RA MERELLI</td><td>Quando non l'ha cotesto motivo non c'è ragione di dare l'allarme… e in presenza di certe persone per giunta!</td></tr>
<tr><td>FALCONI</td><td>Ma io non do l'allarme, madama… Che diamine! mi pare che non siamo in caso di guerra!… (guardandosi attorno) né in presenza del nemico! (piano alla contessa) Come prende fuoco la vecchia galante! Che voglia sposarlo lei?…</td></tr>
<tr><td>SIG.RA MERELLI</td><td>Eh!… potrebbe anche essere!…</td></tr>
<tr><td>LUCREZIA</td><td>(vivamente). Mamma!</td></tr>
<tr><td>CONTESSA</td><td>Ma guardi, signora, che ci mette in tal curiosità!…</td></tr>
<tr><td>FALCONI</td><td>Che? Si sentirebbe diggià l'odor della polvere?…</td></tr>
<tr><td>SIG.RA MERELLI</td><td>(con finto ritegno). Chissà!…</td></tr>
<tr><td>FALCONI</td><td>Chissà!… È una parola gravida di rivelazioni matrimoniali chissà! Vogliamo guardarci dentro a rischio di essere indiscreti.</td></tr>
<tr><td>SIG.RA MERELLI</td><td>Mio Dio!… Non saprei…</td></tr>
<tr><td>FALCONI</td><td>(inchinandosi con ironica galanteria). Ah! ci sono! Madama, io non</td></tr>
</table>

posso giurare che l'avvocato Avellini riesca la perla dei mariti, ma garantisco ch'egli è molto fortunato! (*Nel passare accanto alla contessa piano, accennando la Merelli*) È una fortuna spaventosa!... Povero diavolo!

SIG.RA MERELLI   Lo credo anch'io... Non posso dir nulla ma lo credo anch'io!

FALCONI   Per bacco! Chi ne può dubitare! (*ironico*).

CONTESSA   (*con ironia*). Bisogna che io mi congratuli col signor Paolo.

SIG.RA MERELLI   Il signor Paolo è un eccellente giovane, ma... non fo per dire... modestia a parte, anche la sposa non c'è mica male!... è un boccio di rosa.

FALCONI   (*con ironica galanteria*). Un vero bomboncino!

SIG.RA MERELLI   Grazie!

FALCONI   (*sottovoce alla contessa*). Santi del paradiso! Le prende su con una disinvoltura!...

SIG.RA MERELLI   (*con falsa e pretenziosa modestia*). Il commendatore, ch'è sempre quel caro matto che tutti sapete, ci paragona a due rose sullo stesso cespo...

CONTESSA   (*ironica*). Il commendatore è la quintessenza della galanteria.

FALCONI   (*imbarazzato*). Ma come due rose? Non sarà mica una rosa anche lui!... Potrebbe essere uno spino, tutt'al più... Non faccio cattivi auguri, ma potrebbe essere...

SIG.RA MERELLI   Ma che lui!... lei invece.

FALCONI   (*c.s.*). Chi lei?

SIG.RA MERELLI   Mio Dio! La sposa!

LUCREZIA   (*vivamente imbarazzata*). Mamma! ti prego!...

FALCONI   (*c.s.*). Non mi raccapezzo più!... Ma non si tratta di lei? (*alla Merelli*).

SIG.RA MERELLI   Io non ci penso... pel momento... La faccio da buona sorella stavolta.

CONTESSA   Ah, finalmente!

SIG.RA MERELLI   Per carità non mi costringete... non posso dir nulla ancora...

FALCONI   Ma qui... siamo in famiglia...

SIG.RA MERELLI   Mi rincresce, mi rincresce davvero... Ma non posso dir nulla... È stato il commendatore che ha combinato l'affare... Mi raccomando!... che la cosa rimanga qui, fra noi... Le convenienze...

LUCREZIA   Oh, mamma!...

SIG.RA MERELLI   (*piano alla contessa, ma in modo di essere udita anche dal cavaliere*). Il commendatore dice che sembrano fatti l'uno per l'altra (*accennando Lucrezia*) Che Dio li benedica!

LUCREZIA   (*passando accanto al Falconi, sottovoce*). Devo parlarvi... da solo.

FALCONI   Ah! ci sono! Ci sono anch'io!... Madamigella, a rischio di essere accusato d'indiscrezione voglio essere il primo a farle le mie congratulazioni e i miei auguri... pel suo sposo. (*mentre s'inchina, sottovoce*) Capisco. Verrò.

CONTESSA   (*ironica*). Ah, davvero! Il signor Avellini è un eccellente partito! (*essendosi avvista del parlare sottovoce del Falconi con Lucrezia*) Che ne dite, cavaliere?

FALCONI   Proprio magnifico! E giacché è avvocato non sarà un marito seccatore, di quelli che si cuciono alla gonnella della moglie.

SIG.RA MERELLI   Ma per adesso mi raccomando... ché la cosa è ancora così... Non avrei aperto bocca con anima viva... e il commendatore... Ma a proposito del commendatore dov'è che non si vede?

FALCONI   Ah, bisogna che gli si faccia metter giudizio a quello scapato! (*ironico*) Fa ancora delle pazzie, alla sua età!

SIG.RA MERELLI   Oh! La sua età!... Non è poi un vecchio!

FALCONI   No, non dico questo... Ha un'età ragionevole!... Soltanto non è ragionevole riguardo alle leggi dell'equilibrio; egli le sfida imprudentemente!

SIG.RA MERELLI   Ma io non capisco, cavaliere!

CONTESSA   Non è nulla. Non può dirsi nemmeno una caduta da cavallo.

SIG.RA MERELLI   Mio Dio! una caduta!... Forse ferito!...

CONTESSA   Si rassicuri; sarà qui a momenti. L'ho lasciato nel salotto che scacciava la paura avuta con una bottiglia di rosolio.

FALCONI   Quel caro commendatore ha di comune con i ragazzi la passione per gli sciroppi... e se c'è qualche ferito sarà quella povera *Isolina* che avrà la schiena rovinata. Il commendatore dovrebbe adottare la sella all'americana... per compassione di quelle povere bestie. se non altro.

SCENA IV

Il comm. Gaudenti e detti.

GAUDENTI   Eccomi, eccomi, belle dame. Si parlava di me?

SIG.RA MERELLI   Un'altra pazzia!... Vi siete fatto male? Non abbiate ritegno di dircelo almeno!

GAUDENTI   Nulla... Proprio nulla!... un passo falso...

FALCONI   Bisogna vedere dove si mettono i piedi, mio caro!

CONTESSA   (*ironica*). Ah! ella fa ancora dei passi falsi!

GAUDENTI	(*pavoneggiandosi*). Eh eh!... (*accorgendosi di un'occhiata severa della Merelli*). Cioè... Stavolta il passo falso l'ha fatto *Isolina*.
SIG.RA MERELLI	(*severa*). Caro commendatore, qualche volta coi passi falsi ci si rimette l'osso del collo!... Però io vi avevo offerto un posto nel mio legno!...
GAUDENTI	(*imbarazzato*). È vero, bella signora... Ma dirò... l'occasione... la giornata è così bella!... e poi l'equitazione attiva talmente... che in ispecie prima del desinare... e una trottatina allo sportello della carrozza di madama credevo che... (*sempreppiù sconcertato dallo sguardo severo della Merelli*) Insomma ho avuto torto a venire a cavallo... lo veggo, lo confesso, e ne chiedo scusa.
CONTESSA	Oh, son dolentissima d'esserne stata la causa... benché lontana!...
GAUDENTI	(*cercando ripigliarsi*). Che dice? Che dice mai?... Anzi!... (*accorgendosi di un'altra occhiata fulminante della Merelli*) Cioè ho avuto torto ad accompagnarla a cavallo... è verissimo... è verissimo... (*accorgendosi di un movimento della contessa e ripigliandosi*) Ma se l'avessi accompagnata in carrozza... (*sconcertato da uno sguardo corrucciato della Merelli*) o a piedi... È meno comodo ma più sicuro... e attiva anche dippiù... (*sogguardando alla sfuggita e come pauroso la Merelli*) Anzi se fossi venuto nel legno della signora Merelli... (*vedendo venir Tonio*) Auff!!
SIG.RA MERELLI	(*sottovoce, ma severamente*). Signore! Non amo che voi facciate il galante con quella civetta!

SCENA V

Tonio e detti.

TONIO	È giunto l'avvocato Avellini in compagnia di un altro signore.
CONTESSA	Ah! sarà quel giovanotto di cui mi si è tanto parlato, e che il nostro Paolo mi deve presentare. (*a Tonio*) Pregate quei signori di venirci a raggiungere qui. (*Tonio via*). È un signor Giliotti; lo conoscete forse, cavaliere?
FALCONI	No. Non è stato presentato al Club.
CONTESSA	Infatti sarebbe stato difficile... È un poeta.
FALCONI	Un poeta! Ma avrete tutti i sette peccati mortali alla vostra tavola!
GAUDENTI	Bravo! Grazioso!
CONTESSA	Quando sarebbe bastata la sola gola, non è così? Del resto rassicuratevi, è un poeta che porta il cappello a cilindro e si fa pettinare all'inglese.

LUCREZIA	Un poeta! Che gusto! Mi farò mettere in versi il proverbio che il cavaliere Falconi scrisse sul mio album.
CONTESSA	(*con lieve tinta d'ironia*). Un proverbio del cavaliere!... Deve essere un proverbio galante di prima forza!
GAUDENTI	Infatti ci voleva qualche cosa di spiritoso... di galante...
LUCREZIA	Peccato che sia stato scritto in un accesso di galanteria nera!... (*ironica*) Un bel proverbio del resto... ed anche gentile!... "*Le rose cascano e le spine rimangono...*". Il cavaliere non ha voluto dirmi se ci sieno poi delle rose che durano più delle spine.
FALCONI	(*con galanteria*). Sì, quelle che somigliano a lei!
LUCREZIA	(*inchinandosi con sussiego ironico*). Ooh!
GAUDENTI	Bravo! Ben detto!
SIG.RA MERELLI	Ne domanderemo a cotesto signor poeta.
CONTESSA	Son veramente curiosa di conoscerlo... Me l'hanno dipinto come una specie di originale. È un poeta che ha finito per diventare uno spirito forte passando per tutte le possibili stravaganze.
GAUDENTI	Ci son degli originali originali, e degli originali che sono brutte copie.
FALCONI	Sarà la brutta copia di lord Byron col mantello di Mefistofile.
CONTESSA	Badate, cavaliere! Che la lingua dei poeti è pericolosa... quanto la vostra spada.
FALCONI	(*inchinandosi con galanteria in aria spavalda*). Se fossimo ai tempi dei cavalieri erranti vi risponderei: Gliela reciderò, bella dama, per deporla ai vostri piedi.
CONTESSA	Oibò! Si dice che per noi donne... una sia anche troppa!

SCENA VI

Alberto Giliotti, Paolo Avellini, Tonio dal viale a sinistra e detti.

TONIO	(*rientra nella pagoda*).
PAOLO	Contessa, ho l'onore di presentarvi il signor Alberto Giliotti, uno dei miei amici più intimi ed uno dei vostri più caldi ammiratori.
CONTESSA	Ho sentito parlare del signor Giliotti con tanto favore che mi fate un vero regalo! Io spero che il signore vorrà presto sostituire alla sua ammirazione, cui non ho alcun titolo, un'amicizia che procurerò di meritarmi.
ALBERTO	(*inchinandosi*). Madama!

SIG.RA MERELLI	(*piano al commendatore*). Per un poeta è molto laconico.
CONTESSA	Oggi avremo qui in villa qualche amico. Faremo un po' di tutto: della musica, della maldicenza, e delle contradanze. So che ella è poeta distinto. Nella mia qualità di padrona di casa reclamo da lei un favore per i miei invitati... Pochi versi...
ALBERTO	Mi rincresce doverla disingannare, contessa; ma io non sono stato mai poeta... a meno che non si voglia abusare di codesto titolo affibbiandolo al primo venuto.
CONTESSA	Per un primo venuto ella è molto fortunata, giacché il suo nome non m'era ignoto!
ALBERTO	Ho peccato contro le Muse, è vero, ma ne ho fatto penitenza leggendo il mio nome sui cartelloni dei librai... (*sorridendo*) Non vorrà essermi indulgente per un errore giovanile?...
CONTESSA	Troppa severità!
ALBERTO	No, contessa, ho fatto semplicemente delle esperienze, e siccome le ho pagate assai care ne ho dedotto dei principi inalterabili... (*sorridendo*). Così credo che in poesia bisogna andar cauti... come... come in amore per esempio.
FALCONI	Per timore dello scandalo, probabilmente? (*in aria di motteggio*).
ALBERTO	(*con freddezza sarcastica*). No, signore, per timore del ridicolo.
FALCONI	(*spavaldo*). Per bacco! il ridicolo lo si para con una stoccata!
ALBERTO	(*c.s.*). Non vorrei però stare continuamente in guardia... se non altro per non far ridere della mia spada.
FALCONI	(*vivamente*). Signore!
CONTESSA	(*presentando il cavaliere ad Alberto*). Il cavalier Falconi.
FALCONI	(*salutando*). Signore!... Son lieto...
CONTESSA	Ma, signor Giliotti, i suoi principi sono troppo rigorosi... (*sorridendo*) per la poesia almeno.
ALBERTO	Non è colpa mia, contessa. Son puritano per convinzione. Ho visto ridere dei poeti e degli innamorati... ed ho finito col ridere anch'io.
CONTESSA	Degli innamorati o dei poeti?
ALBERTO	Qualche volta anche di quelli che ridevano.
GAUDENTI	Bravo! Questa è vera filosofia!
FALCONI	Adagio colla filosofia, commendatore! e soprattutto al momento di mettersi a tavola.
CONTESSA	(*sottovoce ad Avellini*). Il vostro amico è innamorato!
PAOLO	(*sottovoce*). Alla follia.
CONTESSA	(*c.s.*). Sapete che son curiosa!

PAOLO	(*c.s.*). Che è quanto dire: siate indiscreto! Ama perdutamente la signorina Landi, la celebre artista.

PAOLO — (*c.s.*). Che è quanto dire: siate indiscreto! Ama perdutamente la signorina Landi, la celebre artista.

CONTESSA — (*c.s. e con lieve tinta di dispetto*), Ah!… Ed è riamato?

PAOLO — (*c.s.*). Non è neanche conosciuto.

CONTESSA — (*c.s.*). È un matto adunque… giacché non è più un ragazzo?

PAOLO — (*c.s.*). No, è un poeta.

CONTESSA — Signori, intanto vi prego di considerarvi come in casa vostra. Nei viali c'è ombra; sui tavolini ci son sigari, carte da giuoco e giornali; in quel padiglione c'è un pianoforte. Giocate, passeggiate, fate della politica o della musica come meglio vi aggrada. Approfittiamo dei privilegi della campagna. Libertà per tutti!

GAUDENTI — Io ne approfitterò per andare a fare un giro nella sala da pranzo. Non potei darci che un'occhiata attraverso l'uscio, mentre quella bella giovane della sua cameriera mi guidava da queste parti, ma, non faccio per dire, ella ha una sala da pranzo che ci si passerebbero venticinque ore del giorno!

SIG.RA MERELLI — (*volgendo un'occhiata imperiosa al commendatore che non se ne avvede*). Piuttosto desidero vedere la sua nuova uccelliera; me ne sono state dette meraviglie!

CONTESSA — Vada pure a giudicare quelle modestissime meraviglie… (*prendendo per mano il Falconi che stava per offrire il braccio a Lucrezia*). Il cavaliere gliene farà gli onori.

FALCONI — (*piano e dispettoso*). Ah! È così che intendete la libertà!

CONTESSA — (*piano e sorridendo*). È così che voi intendete la devozione?

FALCONI — (*c.s.*). Ma questa è schiavitù del Kentucky!

CONTESSA — (*c.s.*) Dove starebbe il vostro merito altrimenti?

FALCONI — (*alla Merelli, offrendo il braccio con mala grazia*). Signora!…

SIG.RA MERELLI — (*prendendo dell'istessa guisa*). Grazie!… Ma, commendatore!… Mi sembra che anche voi desideravate vederla questa benedetta uccelliera!… (*sottovoce e con stizza*) A meno che non preferiate farvi indicare la sala da pranzo dalle belle cameriere!…

GAUDENTI — (*seguendola tutto confuso*). È vero… è verissimo… Faccio le mie scuse… Credevo che fosse ora… Ho avuto torto. (*via*).

SCENA VII

La contessa, Lucrezia, Paolo ed Alberto.

CONTESSA	Lucrezia, che cosa c'è di bello in quel giornale?
LUCREZIA	La musica di una graziosissima ballata tedesca.
CONTESSA	Se vuoi provarla di là c'è il pianoforte. Il signor Giliotti, (*presentandolo*), è un distinto pianista, a quel che me ne dissero, e l'aiuterà (*Lucrezia ed Alberto si salutano*). Anzi, a proposito di musica, ne ho della nuovissima che Ricordi mi mandò l'altro giorno: Don Carlos e Dinorah. (*suona il campanello e a Tonio che esce dal padiglione*) Dite a Carolina che rechi sul pianoforte la musica che mi giunse ieri l'altro. Poscia andate ad aspettare la signorina Landi al cancello. Tarderà poco a venire. (*Tonio rientra nella pagoda, poscia attraversa la scena e va via dal viale a sinistra*).
LUCREZIA	(*ad Alberto*). È la mia parte di libertà che mi vien data, signore, forse a spese della sua.
CONTESSA	Procuro di farvi sembrare meno lunghe le ore che vi condanno a passare in casa mia.
ALBERTO	(*dando il braccio a Lucrezia*). Davvero che sono un condannato invidiabile! (*entrano nella pagoda*).

SCENA VIII

La contessa e Paolo.

CONTESSA	(*sfogliando un libro*). Ah!. siete ancora qui, signore?
PAOLO	Vi rincresce?
CONTESSA	No… (*ironica*) Ma davvero che per un promesso sposo voi siete originale!
PAOLO	Contessa…
CONTESSA	(*sempre con sfumatura d'aria ironica*). Vi confesso che se il mio fidanzato mi trattasse colla vostra indifferenza io non vorrei saperne mai più!… Ho dovuto pregare quel signore di accompagnare la Lucrezia!…
PAOLO	Codesti frizzi mi dicono che la Signora Merelli ha chiacchierato.
CONTESSA	(*c.s.*). In famiglia però… qui, fra di noi…
PAOLO	Tanto meglio. Ciò mi risparmia molti imbarazzi per intavolare un colloquio decisivo… forse ultimo…
CONTESSA	(*c.s.*). Mio Dio, signore! Il nostro prende una certa aria di solennità che quasi mi fa paura!
PAOLO	Contessa, vi prego di ascoltarmi seriamente… per la prima volta almeno!

CONTESSA	(*c.s.*). Ma io ascolto, signore.
PAOLO	Sì, e vero... Ho molto sofferto... Ho pensato che bisognava far qualche cosa per strapparmi da quell'inferno!...
CONTESSA	(*c.s.*). Prendendo moglie?
PAOLO	Sì...
CONTESSA	(*c.s.*). Tanto meglio!
PAOLO	Ah!... signora!...
CONTESSA	Tanto peggio allora! Che volete che io vi dica?
PAOLO	Ditemi pazzo... ditemi vile, che vi ho amato sino a non vedere che non avete né cuore, né...
CONTESSA	(*dignitosa*). Non potete dire però che io non abbia della bontà... molta bontà... per ascoltarvi come faccio.
PAOLO	Oh, perdonatemi, perdonatemi!... È quel povero cuore che delira!
CONTESSA	Parliamogli del vostro matrimonio!...
PAOLO	Del mio matrimonio!... In quel pasticcio che il commendatore Gaudenti ha manipolato d'accordo colla Merelli io non ci ho avuto altra parte che quella della collera, del dispetto e della gelosia!
CONTESSA	(*c.s.*). Ecco una felicità domestica che non ha basi molto ridenti!
PAOLO	È vero!... e spesso mi sono domandato se non è una viltà... se non è una colpa... quella di far vittima delle mie passioni una giovanetta... che stimo, che è degna di essere stimata!... perché quando diedi il mio assenso a cotesto matrimonio io non avevo testa... avevo perduto la mia ragione... avevo addosso tutte le febbri, tutte le furie... Voi mi avevate spezzato il cuore, a me innamorato, cieco, pazzo di voi!... Cercai del commendatore e dissi di sì!
CONTESSA	(*c.s.*). Faceste malissimo. Avreste dovuto prendere un bagno e andare a letto.
PAOLO	(*con amaro sarcasmo*). Ohimè, contessa! non era soltanto una questione di nervi!
CONTESSA	Mio Dio! non esageriamo. Il cuore lasciamolo lì. Gli fate cambiar di padrone con tanta disinvoltura!
PAOLO	(*c.s.*). Che volete, era stanco di essere accarezzato colle unghie!
CONTESSA	No; no, mio caro, ché io vi stimo troppo, malgrado le vostre eccentricità... e mi pare anche di avervelo provato.
PAOLO	(*c.s.*) Alla vostra maniera... strascinandomi fra la turba dei vostri adoratori!
CONTESSA	Non potete dire di essere stato in cattiva compagnia.
PAOLO	(*c.s.*). Oh, tutt'altro!... Il fiore della buona società!... Ma io sono un zotico! Preferivo di esser solo!

CONTESSA	Avete torto a lagnarvi se siete stato il preferito… e vi rendo codesta giustizia che voi meritate la preferenza. Tutt'altri al vostro posto me ne sarebbe stato gratissimo; voi me ne ringraziate con un'esagerazione d'egoismo… Confessate che sarebbe stato molto più semplice mettermi alla gola il coltello del matrimonio…
PAOLO	(*c.s.*). Oh, contessa!… Io non avrei osato!…
CONTESSA	(*con grazia ma ironica*). Non avreste avuto che un torto e un difetto: siete avvocato, e non appartenete al *Jockey-Club*… A voi si può dirlo, ché siete un uomo di spirito… Ma per un uomo di spirito non avete fatto troppo onore alla vostra riputazione. Se il domani di una cattiva accoglienza tutti gli innamorati dovessero prender moglie!… Voi vi ammogliate per dispetto, e prendete la peggiore delle risoluzioni. Credetemi, il dispetto è cattivo consigliere.
PAOLO	Sarà forse il solo caso che avrà consigliato il meglio.
CONTESSA	(*con ironica freddezza*). Ammogliatevi allora.
PAOLO	Sì, ho la pazzia di credere ancora al cuore, e voglio farne l'esperimento.
CONTESSA	(*c.s.*). Badate però, che tali esperimenti sono pericolosi! Ma il matrimonio è un rimedio eroico; forse vi guarirà.
PAOLO	Guarirò, contessa!

SCENA IX

Alberto e detti.

ALBERTO	(*sorridendo*). Sei dunque malato, Paolo?
PAOLO	Malattia di cuore. Passerà.
CONTESSA	No, è alla testa: è l'amore ridotto ad emicrania. Lo guarisca, signor Giliotti.
ALBERTO	Malattia grave! Ci vuole altro medico!
CONTESSA	Ne conosco qualcuno che non dubita punto della guarigione. Dov'è la signorina Merelli?
ALBERTO	L'ho lasciata alle prese con una difficoltà di Meyerbeer.
CONTESSA	Vado a raccomandarle il mio infermo. Ah! noi donne non disperiamo giammai! (*via*).

SCENA X

Alberto e Paolo.

PAOLO	Ti dico ch'è malattia ridicola... malattia indegna di un uomo che si rispetti... malattia leggiera come quella donna che n'è la causa.
ALBERTO	Ah! c'entra un poco quella donna?
PAOLO	È una civetta e nulla più! Ti lusinga con tutti i mezzi, ti fa ardere il cuore ed i sensi... e poi ti ride in faccia!
ALBERTO	Bisogna ridere con lei.
PAOLO	Lo faresti tu con l'Adele?
ALBERTO	(*vivamente*). Che!
PAOLO	Anch'io amavo colei come tu ami la Landi!
ALBERTO	Non è vero!
PAOLO	Alberto!
ALBERTO	Non è vero! Poiché non mi vorrai far credere che tu sii l'ultimo degli uomini!
PAOLO	Alberto, perdio!
ALBERTO	Oh, non andare in collera. Quella donna ti ha riso in faccia e sei ancora qui!... e dici d'amarla!...
PAOLO	Hai ragione. Bisogna vendicarsi!... Bisogna...
ALBERTO	Non esagerare. Di che ti vendicheresti? Accendi un sigaro piuttosto e dalle la mano per andare a tavola. Fra un bicchiere e l'altro entrambi converrete di aver avuto torto prendendo sul serio un cattivo scherzo.
PAOLO	Poeta!
ALBERTO	Dimmi poeta acciò io non vi dica matti. Sì, matti, che vi formate un dolore di una cosa ridicola... e credete che il vostro cuore deliri quando siete ebbri di sciampagna... e parlando d'amore gettate un'occhiata allo specchio... e prendete in tutta buona fede il benessere di un'eccellente digestione per la febbre del cuore...
PAOLO	Alberto, tu ridi di tutto!...
ALBERTO	Io rido delle cose ridicole, perché gli altri ridono di me, dei miei sogni e delle mie follie. Tu hai amato una donna che divideva a bricioli, fra te e dieci altri, il suo cuore, il suo sorriso, le sue promesse... Tu l'hai amata, un giorno, sei mesi, non hai ucciso nessuno di quelli che ti rubavano una parte di quel cuore, la tua parte di paradiso, non ti sei fatte saltare le cervella... e in un momento d'egoismo l'accusi di una colpa che hai accettato, che hai subito, che hai diviso anche tu... Chiami civetta colei che può dirti merlo!... Matto! matto! tre volte matto! Te lo dice chi è più

19

matto di te… ed ha amato dei mesi, dei lunghi mesi una donna che non lo conosce, che non si cura di lui, che non sa ch'egli esiste, che l'ha seguita per ogni dove, a Milano, a Firenze, qui, che passa le notti sotto le sue finestre, che un suo sguardo gli mette il paradiso nel cuore e la sua voce la febbre nel sangue… Se tu sapessi quello che passa nel mio cuore… ora che l'aspetto, che le sarò vicino, che le parlerò!… Senti… è qualcosa che mi fa paura!… Matto! Matto! più di te!… Oh, dammi retta, amico mio: prendi moglie e metti pancia; è il segreto della vita.

PAOLO Sì, sposerò Lucrezia; non fosse altro per fare arrossire quella civetta sotto lo sguardo puro di una giovanetta… che amerò!

SCENA XI

Il cavalier Falconi e detti.

FALCONI Caro signor Avellini, mi permetta che io sia il primo a congratularmi con lei della sua buona fortuna. In tutta Toscana non avrebbe potuto fare scelta migliore.

PAOLO (*sorpreso e freddo*). Signore…

FALCONI Via, via, mio caro, mi perdoni se non ho saputo serbare il segreto per esprimerle tutta la mia soddisfazione… Sono amico di casa… ho l'onore di essere intimissimo della signora Merelli… anzi sono stato tanto fortunato da darle il braccio per una mezz'ora… finché il commendatore Gaudenti ebbe la bontà… volle per forza che io gli cedessi il piacere… (*piano*) A proposito del commendatore, apra bene gli occhi nello stendere il contratto di nozze… altrimenti il commendatore gliela fa…

PAOLO (*risentito*). Signore!

FALCONI Eh! so io quello che dico. La signora Merelli ha ancora dei grilli pel capo, malgrado la sua età… e quel caro commendatore aspira maledettamente ad un canonicato… fosse anche per mezzo di un matrimonio… Mi perdoni… Ho parlato perché nutro una sincera stima per lei. Noi saremo amicissimi; il cuore me lo dice.

PAOLO (*c.s.*). Grazie.

FALCONI Ho avuto sempre una gran simpatia per lei… Proprio! Ci conosciamo da un pezzo in casa della contessa!… ed ora che una fortunata combinazione… Sarei felicissimo di provarle…

20

SCENA XII

La contessa, Lucrezia e detti: indi Tonio.

CONTESSA	Non gli proverete nulla, cavaliere; il nostro Avellini è in un accesso di *spleen.*
PAOLO	(*con ironica galanteria*). Che dite mai?… Vicino a voi!…
CONTESSA	(*ironica*). Cortigiano!… Vi metterò alla prova, giacché il mio regno sta per tramontare; è arrivata la regina… (*vedendo venir Tonio dalla sinistra*) ecco l'araldo!
TONIO	La signora Landi!
CONTESSA	Viva la regina!
FALCONI	Vivano le regine!

SCENA XIII

Adele Landi, la Signora Merelli, il comm. Gaudenti dal viale a sinistra e detti.

ADELE	Grazie del suo invito, contessa! Glielo dico venendomi a mettere francamente fra i suoi vecchi amici.
CONTESSA	Madama, io la ringrazio di esser venuta pei miei amici, che avrò l'onore di presentarle, e per me! La signora Merelli e madamigella Lucrezia sua figlia (*presentandole*).
ADELE	Ebbi già la fortuna d'incontrare la signora Merelli, e mi congratulo con la madre di una così bella signorina (*inchinandosi a Lucrezia*).
CONTESSA	Il signor Avellini, avvocato distinto, presto… (*accennando Lucrezia con lieve tinta d'ironia*) sposo fortunato.
ADELE	Signor avvocato, spero di non aver mai bisogno di lei. Ma chissà?… In ogni evento mi rammenterò che ella è fortunato, e che sa benissimo perorare le cause che le stanno a cuore.
PAOLO	(*quasi con amarezza*). Io temo, madama, che la bontà della contessa non le faccia prendere abbaglio riguardo a cotesta mia fortuna!
CONTESSA	Il cavalier Falconi.
ADELE	Ho sentito molto parlare dei cavalli del signore.
FALCONI	Grazie… pei miei cavalli che mi procurano l'onore di esser conosciuto da lei!

21

ADELE	È una riputazione brillante per uno *sportsman*. E quando avrò un cavallo bisbetico da ridurre al dovere saprò a chi rivolgermi.
FALCONI	Madama! Ella con uno sguardo ammanserebbe un orso!
ADELE	(*con significazione*). Non vorrei provarmi. Tanto più che gli orsi non hanno spirito Il commendatore Gaudenti senza dubbio?
GAUDENTI	Servitor suo e di queste gentili dame!
ADELE	(*piano alla contessa guardando colla lente Alberto che se ne sta alquanto in disparte*). E quel signore?
CONTESSA	(*presentandolo*). Il signor Giliotti. (*Adele ed Alberto s'inchinano*).
ADELE	(*sottovoce al cavaliere*). Che cos'è quel signore?
FALCONI	(*sottovoce*). È l'orso di cui parlavamo.
ADELE	(*c.s. sorridendo*). Davvero... (*Esamina a lungo Alberto, poi fa un lieve movimento di spalle e domanda sottovoce alla contessa*). Che cos'è il signor Giliotti?
CONTESSA	(*piano*). È un poeta.
ADELE	(*c.s. con un sorriso*). Ah!... Avrei dovuto indovinarlo!
FALCONI	(*sottovoce a Lucrezia*). Troviamoci nella serra, nel tempo che andranno via tutti (*parte dal viale a destra procurando di non farsi scorgere*).
CONTESSA	Signor Giliotti, vogliamo aprire la marcia? (*Alberto le dà il braccio*).
LUCREZIA	(*con vivacità infantile*). Ah! la bella farfalla! (*parte correndo come se inseguisse una farfalla*).
CONTESSA	(*guardandosi attorno e vedendo che il Falconi è scomparso anche lui, con ironia*). Quella cara pazzarella! Commendatore, ella mi sarà gratissimo della fortuna che le procuro! (*accennandogli di dare il braccio alla Landi*).
SIG.RA MERELLI	(*afferrando con vivacità il braccio di Gaudenti*). Ma commendatore! Avete lasciato correr sola la mia bambina!
GAUDENTI	(*imbarazzatissimo alla Landi*). Egregia signora!... faccio le mie scuse! (*alla Merelli*). Andiamoci assieme; la troveremo senza dubbio nella sala da pranzo.
ADELE	Oh, senza complimenti. Siamo in campagna (*via*).
SIG.RA MERELLI	(*piano al commendatore*). Signore! voi vi compromettete (*vanno*).
CONTESSA	(*ironica*). Mio caro Paolo, ecco una magnifica occasione per fare la corte alla vostra fidanzata. Correte dietro alle farfalle... come il cavaliere. (*via con Alberto*).

SCENA XIV

Paolo, indi Tonio, poi Lucrezia.

PAOLO — (*mentre sta per avviarsi anche lui, al passare vicino ai vetri della serra ascolta con sorpresa*). La voce di Lucrezia!

LUCREZIA — (*dentro la serra*). Non lo voglio e non lo voglio! Non l'amo ecco!... Non basta stimarlo!... Mi avete promesso tante volte di domandare la mia mano!... Che aspettate altro?... Cattivo!

FALCONI — (*dentro la serra*). Ohimè!... per ora non posso, ve l'ho pur detto! Ma vi proverò che il mio amore arriva sino all'eroismo!... Sì, mi sacrificherò alla vostra felicità... Sposate il signor Avellini... Siate felice anche con un altro!... Io sono amico del signor Avellini assisterò alla felicità di lui tutti i giorni... ma non cesserò mai di amarvi!

TONIO — (*a Paolo*). Signore è in tavola (*via*).

LUCREZIA — (*di dentro*). Oh, Dio! C'è gente! (*uscendo e vedendo Avellini*). Ah!! (*si cela il viso fra le mani*).

PAOLO — (*freddamente, offrendole il braccio*). Andiamo a tavola, madamigella.

ATTO SECONDO

Salotto in casa della Landi. In fondo una galleria che mette dalla destra all'anticamera e dalla sinistra alla sala da ballo. A destra l'appartamento di Adele; a sinistra le altre sale. Lumi e fiori dappertutto.

SCENA I

Il cavalier Falconi dalla destra. La contessa Baglini dal fondo; Adele andandole incontro.

CONTESSA	Giungo tardi!
ADELE	Grazie, contessa, di esser venuta, ancorché tardi.
CONTESSA	(*avanzandosi e salutando in aria motteggiatrice il Falconi*). Cavaliere!… Che fortuna! Ma io v'incontro sempre sui miei passi!
FALCONI	(*con galanteria*). Non è colpa vostra, madama, giacché da otto giorni procurate sempre di rivolgere altrove i vostri passi.
CONTESSA	E perché dovrei essere in collera con voi? Avreste qualche colpa sulla coscienza? (*ironica e con accento significativo*). (*ad Adele*) Ma questa è una festa, non un semplice *the danzante*! Una festa incantevole! Quanti bei fiori! Che *bijou* di salotto! Madama, il suo è un soggiorno da fate!
ADELE	(*con grazia*). In questo momento lo credo anch'io giacché le fate son venute a trovarmi.
FALCONI	Si può dire che vi si hanno dato *rendez-vous*.
CONTESSA	(*ironica*). Badate, cavaliere! Le mie amiche dicono che l'adulazione mi ha guastata.
ADELE	In compenso però i suoi amici vorranno provarle il contrario.
CONTESSA	Dio mio, è naturale! Resta poi a vedere chi abbia ragione dei due.
FALCONI	Gli amici di sicuro, poiché sono di sesso diverso.
CONTESSA	Non è una buona ragione neanche quella. Gli amici non saranno invidiosi, ma potrebbero essere bugiardi (*sorridendo ma con significazione al Falconi*).
FALCONI	Non apro più bocca. Mi accorgo che non ne indovino una.
ADELE	Sarebbe incredula, contessa?
CONTESSA	Sì e no! Da otto giorni in qua, per esempio, credo meno agli omaggi che alle tacite e misteriose adorazioni… di cui avrei riso… È bizzarra! (*con significazione*) Ho visto un miracolo! L'amore più cieco, più ardente che nasconde gelosamente le minime sue manifestazioni. Il delirio della passione che si maschera d'indifferenza. Ho visto un giovane che corre

dietro al suo sogno, al suo ideale da Milano a Firenze e da Firenze a Livorno senza cercare di farsi conoscere, senza chiederle un'occhiata o una parola... Un amore da pazzo, sì, perché noi non abbiamo altra parola per dinotare questa sublime aberrazione dell'anima che si pasce delle sue febbri, dei suoi sogni, e dei suoi palpiti, che passa le notti sotto le finestre della donna amata per vedere soltanto l'ombra di lei passare dietro le cortine... Ma da una settimana in qua sarei tentata di credere piuttosto all'amore di un uomo che mi amasse in tal istrana guisa che non a quello di un galante che mi assediasse con mille proteste prese al formulario della galanteria (*al Falconi con sorriso sarcastico, mentre vuol sembrare leggero*). Per carità non badate alla mia supposizione, ché non mi conosco tali meriti da permettermi una simile ambizione!

ADELE	È strano.
CONTESSA	Sì, è strano, come tutto ciò che è poesia. Ma qualche volta bisogna credere alla poesia se non altro perché non è prosa... Ci credo anch'io!... e non sono delle fortunate!
ADELE	Ah! la poesia! (*con sorriso d'incredulità*)
CONTESSA	Ah! i poeti!
ADELE	(*collo stesso ingenuo e spensierato sorriso*). Credo d'indovinare...
CONTESSA	Voglio essere discreta!
ADELE	E l'ideale, il sogno, la dea incognita? (*c.s.*).
CONTESSA	(*con sardonica aria di discrezione*). Ah! davvero, voglio essere discreta!
ADELE	(*c.s.*). Per un sogno!
FALCONI	Una pazzia addirittura!
CONTESSA	(*c.s.*). Eh! sogni di sonnamboli che possono avere le loro conseguenze.
ADELE	(*ridendo*). Ah!
CONTESSA	Non crede ai sonnamboli, madama? (*c.s.*).
ADELE	Non bisogna mai creder nulla sulla parola: né i falsi entusiasmi, né le tacite e misteriose adorazioni.
CONTESSA	(*con doppio senso*). Quello che dite potrebbe essere una crudeltà...
ADELE	(*vivamente e con dignità*), Per chi?
CONTESSA	(*c.s.*). Per nessuno e per tutti. Una bella signora fa senza saperlo la felicità o la disperazione di cento sconosciuti. con un sorriso o una parola che per essa non hanno alcuno indirizzo né alcun secondo fine.
ADELE	(*con grazia*). Contessa, a sua volta ella adopera la più pericolosa delle adulazioni: quella che è più delicata.
CONTESSA	(*con grazia ed un sorriso significativo*). Non ho che una scusa, madama: io non le ho fatto mai il torto di dubitare neppure un istante della sua penetrazione.

ADELE	(*seccamente e con dignità*). Le assicuro che non ho nulla penetrato… come non mi pare che ci sia nulla da penetrare. (*con grazia*) Del resto ella non mi ha detto il nome dei sonnamboli… ed io non mi curo di conoscerlo.
CONTESSA	(*c.s.*). Perdoni, signora… Ma capirà benissimo che in argomenti così delicati la discrezione è un dovere… (*come per cambiare discorso, con altro tono, ma, con raddoppiamento di sarcasmo*) Ma il signor Giliotti? … È un pezzo che non lo vedo! Verrà alla sua festa?
ADELE	(*con dignità*). Perché mi fa questa domanda, contessa?
CONTESSA	Il signor Giliotti è poeta e di codesto sonnambolismo potrebbe dircene forse qualche cosa.
ADELE	Ah!… Il signor Giliotti ha dimenticato di lasciarmi la sua carta da visita… e non conoscendo il suo indirizzo non ho potuto avere la fortuna d'invitarlo (*con dignità*).
CONTESSA	Oooh!… (*ironica*).
ADELE	Perché tanta sorpresa?
CONTESSA	Il signor Giliotti è così perfetto gentiluomo!… e quest'oblio degli usi sociali… tanto straordinario!…
ADELE	Che vuole?… Una dimenticanza è tanto facile e scusabile… in questi tempi di bagni e di divertimenti… Tant'è bisogna rassegnarsi: il signor Giliotti non potrà spiegarle la sua teoria del sonnambolismo.
CONTESSA	Meglio così. Simili malattie del cuore vanno curate col sistema omeopatico.
FALCONI	Quando non si curano all'ospedale dei matti.
CONTESSA	(*con ironia*). Sapete il proverbio, cavaliere: *Tutti i matti non sono all'ospedale!*… Ma, a proposito di matti, sciorinateci il vostro resoconto galante della giornata.
FALCONI	È poverissimo… all'infuori di un meschino duello, di una sfida corsa l'altra sera al *Ricasoli*. Il termometro dell'*highe-life* segna il bel tempo stabile, ch'è quanto dire la noia a 20 gradi Reamur.
ADELE	Ma mi pare che sia abbastanza!… e anche troppo! Un duello!… Vuol dire una riputazione compromessa, forse, e del sangue sparso!
FALCONI	(*con fatuità*). Oh, nulla! Proprio nulla! Una bazzecola!
CONTESSA	Infatti si parla di uno scandalo, e quel che più mi rincresce, avvenuto nel mio giardino, il dì che ebbi il piacere di riunire alcuni amici in casa mia, a Montenero… Non so bene… Si diceva di un colloquio interrotto… di una sorpresa… di una signora orribilmente compromessa… Ma Dio! come si diventa maligni a questo mondo!… E tutto ciò con tale insistenza e tali particolari che avrei dovuto crederci anch'io… (*guardando con significazione il Falconi*) se non avessi avuto delle prove in contrario.
FALCONI	Oh, contessa, è naturalissimo. Il vostro giardino è il boschetto di Armida,

e così, per dare al quadro il colore locale ci avranno ricamate su le ninfe... coi relativi *tête-a-tête*.

CONTESSA	Ecco, madama, il solo poeta di cui io debba contentarmi!

ADELE

E probabilmente la conseguenza di tutto questo sarà una persona disonorata ed un'altra uccisa!... Conveniamone, signori, che per un cicaleccio di buona società è una cattiva azione.

CONTESSA

(*con ironico doppio senso*). Oh, madama! Quei signori quasi quasi ci direbbero che nella menzogna più assurda c'è sempre qualche cosa di vero, e che la calunnia perché si attacchi bisogna che trovi un appicco... Del resto la società dei bagni si annoia; non è vero, cavaliere? Il termometro dell'*highe-life* segna lo sbadiglio, e un cavaliere che si rispetti, che conosca appena appena il suo mestiere deve avere sulla punta delle dita la cronaca degli scandali. E la vostra, cavaliere?

FALCONI

Nemmeno il più meschino scandalo. Il termometro vuole avere ragione per forza.

CONTESSA

(*con ironia*). Chissà! Mettetelo all'ombra di un viale coperto... o dietro i vetri di una serra... e forse avrà torto.

FALCONI

Potrebbe esser guasto e mentire.

CONTESSA

No, no: quel povero strumento non ha abbastanza spirito per dire una bugia: anzi spesso vien confermato dagli sforzi che si fanno per ismentirlo... Che so io... una lettera... delle scuse che nessuno si sognava di chiedere e che valgono la confessione di un tono... (*il cavaliere fa un movimento*). E allora io do ragione al termometro. Confessate mio caro, che è un utilissimo strumento, e se si potesse consultare sempre (*con accento significativo ma senza esagerazione*) chissà se non servirebbe a prevenire certe infermità ridicole e pericolose... (*ridendo con leggerezza*). E il medico non avrebbe bisogno di tastare il polso.

FALCONI

(*imbarazzato ma cercando di rimettersi*). Io mi curo all'indiana, senza il medico.

CONTESSA

(*c.s.*). In tutti i casi?

FALCONI

Sì, perché spesso non occorre che una cavata di sangue!

ADELE

Oh! eccoci allo spettro rosso di voi altri signori uomini!

CONTESSA

(*c.s.*). Quando non è lo spettro bianco!

FALCONI

(*in aria spavalda che vuol fingersi modesta*). Signore mie, protesto!... Ho il dovere di protestare... in questo momento specialmente... Io prendo troppo sul serio il duello per lasciar supporre... che si possa servirsene come di spauracchio... di fantasma...

ADELE

Ho detto spettro rosso come avrei potuto dire spettro bianco, e non mi disdico. È uno spettro ch'è ridicolo quand'è bianco, ma è brutale quando è rosso.

FALCONI	Domando mille perdoni, ma io trovo invece che il duello è la salsa della vita, il piccante delle buone avventure. Senza il duello non ci sarebbero più belle creanze. Tolgasi il duello e non rimarranno più che le legnate da paltronieri... Infine, francamente... io non sento la vita che allorquando la gioco sulla punta della spada.
CONTESSA	(*sorridendo con ironia*). Anche quando sapete di aver cattivo giuoco?
FALCONI	(*con enfasi da gradasso*). Non so se avrò cattivo giuoco; ma so che giocherò del mio meglio!
CONTESSA	*Avrò* è un tempo definito! C'è del serio adunque sotto questo cattivo scherzo?
ADELE	Signore, io avrei amato meglio ignorare una disgrazia che non posso impedire.
FALCONI	(*c.s.*). Oh, non è nulla! Non ci pensi!... Proprio una bagatella!...
CONTESSA	Vi battete?
FALCONI	(*c.s.*). Non l'ho detto.
CONTESSA	Avrei dovuto indovinarlo. Ecco che il termometro ha ragione!... All'ombra però.

SCENA II

Un domestico recando un biglietto di visita e detti.

DOMESTICO	Il signore che mi ha dato questo biglietto desidera sapere se madama potrebbe accordargli alcuni minuti.
FALCONI	(*piano alla contessa nel tempo che Adele legge il biglietto*). Siete inesorabile! Avete ricevuto la mia lettera?
CONTESSA	(*ironica*). La prova che il termometro non mentiva? Sì.
FALCONI	(*c.s.*). Vorrete ricevermi? Vorrete permettermi che io mi giustifichi?
ADELE	(*al domestico*). Ma certamente, che venga!... Non occorreva... (*domestico via*). È il Signor Avellini che impiega tutto questo cerimoniale... Io non capisco... L'avevo pur pregato di venire a prendere il the...
CONTESSA	(*al cavaliere con ironia*). Scommettiamo che il signor Avellini saprà dirci il motivo del vostro duello?

SCENA III

Paolo Avellini dal fondo, e detti.

ADELE	Signor Avellini, ho molto a lagnarmi di lei. Ella si fa troppo desiderate dai suoi amici… e dippiù, quando si decide di venirli a trovare lo fa con tutto il cerimoniale di un ambasciatore (*dandogli la mano*).
PAOLO	Perdono, madama; ma vengo infatti come ambasciatore a chiederle pochi momenti di udienza… e temevo di abusare del suo tempo adesso che è reclamato dai suoi invitati.
ADELE	Gli invitati saranno indulgenti se la sua missione è urgente.
PAOLO	No, signora; può aspettare e aspetterà.
CONTESSA	Che nuove di quelle care Merelli?
PAOLO	Da qualche giorno non ho la fortuna di vedere le signore Merelli.
CONTESSA	(*sardonica al Falconi*). Che mi dicevate dunque, cavaliere, che la Lucrezia fosse indisposta?…
FALCONI	(*sorpreso*). Io, contessa?…
CONTESSA	(*c.s.*). Avete cattiva memoria! Vi aiuterò…
FALCONI	(*imbarazzato e con vivacità*). Ah, sì!… Adesso mi rammento benissimo… Infatti si diceva che madamigella… fosse indisposta.
CONTESSA	(*c.s.*). In seguito di una sorpresa… di una paura avuta… e quel che più mi dispiace in casa mia, traversando la serra dei fiori… per aver messo il piede su di una innocentissima lucertola che prese per un serpente… Ma sarà cosa da nulla, spero… per lei… (*stendendo la mano a Paolo con un sorriso ironico*) e pei suoi amici.
PAOLO	(*freddamente*). Grazie, contessa.
ADELE	Ma lei, signor Avellini, è di una negligenza veramente colpevole… anche per un avvocato.
CONTESSA	(*ironica*). Gli avvocati sono filosofi.
PAOLO	(*c.s.*). Infatti, contessa, io sono avvocato.
CONTESSA	(*c.s.*). Ed anche filosofo!
PAOLO	(*c.s.*). E anche filosofo.
ADELE	Però l'aspetta una sì bella fortuna che la sua filosofia verrà messa a ben dura prova.
CONTESSA	(*c.s.*) Eh! Chissà che il signor Avellini non sia già agguerrito contro tutte le prove possibili?… Ma a proposito di guerra guerreggiata, voi che dovete saperlo, diteci qualche cosa del duello del cavaliere, il quale, per un caso miracoloso, è discreto.

29

FALCONI	Ma contessa!… Vi prego…
PAOLO	So soltanto che il cavaliere dovrà battersi.
ADELE	Con chi?
PAOLO	È un segreto del cavaliere.
CONTESSA	(*con doppio senso ed aria sardonica*). Notate, caro Avellini, che ho creduto superfluo farvi quest'ultima domanda!

SCENA IV

Il domestico annunziando; indi la signora Merelli, Lucrezia e il comm. Gaudenti.

DOMESTICO	Le signore Merelli. Il signor Commendatore Gaudenti.
ADELE	(*andando ad incontrarli*). Oh! che fortuna!
CONTESSA	(*piano a Paolo nel tempo che il Falconi si è scostato alquanto per andare incontro ai nuovi arrivati*). Mio caro Avellini, vi do un consiglio d'amica sincera: imparate la scherma da oggi a domani, se potete, altrimenti darete buon gioco su tutti i punti a quel cattivo cavaliere.
SIG.RA MERELLI	(*ad Adele*). Il suo invito è stato così gentile, che non abbiamo voluto mancare, sebbene il commendatore veramente abbia dovuto sacrificarmi mille importantissime occupazioni.
GAUDENTI	Proprio! Proprio!… Ma per avere il piacere!
ADELE	Grazie a lei e al commendatore! Non speravo più di vederle! Madamigella, ella ha torto di tenere in pena i suoi amici! Come va?
LUCREZIA	Ma benissimo, come sempre.
CONTESSA	(*al cavalier Falconi, fingendosi sorpresa*). Che dicevate adunque, cavaliere?
FALCONI	(*imbarazzatissimo*). Ma io… M'avevano pur detto… Capiranno bene… Siccome è un pezzo che non ho l'onore di vedere le signore Merelli… Proprio un secolo!…
ADELE	Sarà stato un falso allarme, una cattiva notizia che non ha fatto altro male che quello di renderci più vivo il piacere di stringere la mano a madamigella (*con grazia e stringendole le mani*).
SIG.RA MERELLI	Cavaliere, dove va ella a pescare le indisposizioni di mia figlia?
GAUDENTI	Se madamigella è sempre fresca come una rosa…
CONTESSA	Commendatore, non s'è più visto! E le sue lezioni di cavallerizza?…
GAUDENTI	Le dirò, bella dama… La signora Merelli… le mie importantissime

30

occupazioni... Anche stasera veramente non avrei potuto... Ma la signora lo volle...

SIG.RA MERELLI   Il commendatore diceva di no ed io dicevo di sì.

CONTESSA   Ed è stato sì!

SIG.RA MERELLI   Sfido io!

ADELE   Il commendatore sarà stato felice di confessarsi dalla parte del torto.

GAUDENTI   Eh, eh... bella signora... Ma propriamente io non dicevo...

SIG.RA MERELLI   (*Piano ad Adele e alla contessa*). Veramente quel povero commendatore non ci aveva colpa... Ma se sapeste, mie care, quante cure! quante gravissime occupazioni!... Gran brutta cosa, da un certo lato, essere persone di merito! Quel povero commendatore!... Non lo lasciano tranquillo un momento, che è un momento!... E anche adesso... c'è per aria qualche cosa di grosso per lui... qualche cosa come un titolo di barone e una poltrona in Senato!...

CONTESSA   Oh!

SIG.RA MERELLI   Sì, proprio! La signora che sposerà sarà una baronessa!... Non dico altro... Mi raccomando, veh! Signor Avellini!... È un secolo che non si vede!...

PAOLO   Ho avuto torto, madama, e ne domando perdono.

SIG.RA MERELLI   Oh! non a me!...

LUCREZIA   Oh! i magnifici mazzi! Come si chiama questo bel fiore, cavaliere?

CONTESSA   (*frapponendosi al Falconi che vuole avvicinarsi da solo a Lucrezia*). Cavaliere mio, vi risparmio un fiasco. È un'azalea, madamigella. Il cavaliere in fatto di fiori conosce soltanto quelli della sua fioraia. Non andate in collera per questo, caro Falconi, io vi rendo giustizia per tutte quelle conoscenze dello *sport* che vi hanno meritato la riputazione di perfetto cavaliere... E a proposito di *sport* diteci chi fu il vincitore alle ultime corse.

FALCONI   Sempre quel diavolo di Bern. L'altro giorno al Club si scommetteva che egli ferra i suoi cavalli con dei biglietti da mille lire.

ADELE   È ferrarli un po' forte!

CONTESSA   E che ne dicevano i suoi amici del Club?

FALCONI   Che quando si posseggono dei cavalli ferrati in oro non si ha il diritto di farli correre con quelli ferrati... come semplici mortali.

CONTESSA   L'osservazione è spiritosa.

FALCONI   Quanto siete buona, contessa!

CONTESSA   Modestia a parte, cavaliere. (*sottovoce, vedendo ch'egli tenta accostarsi a Lucrezia*) Ma guardate quella povera bambina!... Son sicura che ha qualche cosa a dirvi... della farfalla che avete cercato insieme.

| **FALCONI** | (*supplichevole e sottovoce*). Siete spietata! Ma se vi giuro… |

FALCONI (*supplichevole e sottovoce*). Siete spietata! Ma se vi giuro…

CONTESSA (*forte*). Che giova, caro mio! Il signor Avellini è scettico come… un avvocato. Non vi crederebbe.

SIG.RA MERELLI Che si dice del signor Avellini?

CONTESSA (*a Paolo*). Amico mio, il cavaliere mi assicura che la causa di quel duello di cui dovete saperne qualche cosa sia una calunnia.

PAOLO È verissimo!

CONTESSA Oh!… Ecco una credulità… prodigiosa!

GAUDENTI Ah! Ah! So anch'io di che si tratta. Poiché le storielle galanti anch'io… Qualche cosa come un appuntamento… un colloquio interrotto sul più bello… Ah! Ah!

SIG.RA MERELLI (*dandogli sulla voce*). Ma commendatore! Noi non vi domandiamo le vostre storielle da giovinotti! (*piano*) Che discorsi son questi, davanti alla mia bambina! Ma avete perduto la testa!

ADELE Ci siamo occupati anche troppo di quella stupida ciarla. Ma di là devono esserci venti ballerini che attendono ansiosamente il regalo che vado a far loro. (*accennando a Lucrezia*) Commendatore, in quella sala c'è un tavolino di scacchi. Le procurerò un *partner* degno di starle a fronte: la contessa Gigotti.

SIG.RA MERELLI (*afferrando il commendatore e prendendone il braccio*). Il commendatore mi deve una rivincita… È diggià impegnato.

GAUDENTI È verissimo… Domando scusa… Sono impegnato.

SIG.RA MERELLI (*conducendolo via*). Sareste stato capace di accettate, signor Ganimede! (*vanno via*).

LUCREZIA (*imbarazzata, cercando di far segno al Falconi*). … Il mio *carnet*!… Non l'ho più!… Che il commendatore l'abbia lasciato lì, per caso? (*fingendo di cercare vicino al cappello che il commendatore ha lasciato sul tavolo presso l'uscio in fondo*).

CONTESSA (*frapponendosi fra lei e il Falconi*). Madamigella, giacché non lo trova, vuol permettermi di offrirle il mio?

LUCREZIA (*con dispetto mal dissimulato*). Grazie! (*via con Adele dalla galleria che mette alla sala da ballo*).

SCENA V

La contessa Baglini, il cavalier Falconi e Paolo alquanto in disparte presso il tavolo dei giornali.

CONTESSA   (*vedendo che il Falconi, preso il cappello che il commendatore aveva lasciato sul tavolo, cerca di andarsene*). Ah! ah! ah! Dove andate? Così presto! Tutte quelle dame vi terranno il broncio per una settimana, e per vendicarsene... (*osservando in aria ironica il cappello del commendatore che il Falconi ha fra le mani*) metteranno in caricatura il vostro cappello di una forma assai singolare per un *fashionable* vostro pari.

FALCONI   (*piano e supplichevole*). Ebbene!... Giacché non volete ascoltarmi... Giacché non volete permettermi che mi giustifichi... Partirò, sì... Vi leverò l'incomodo... Ma accordatemi cinque soli minuti... forse anche per l'ultima volta...

CONTESSA   Voi sapete che ricevo tutti i giovedì. Venite giovedì.

FALCONI   Servitore umilissimo, contessa mia (*per partire*).

CONTESSA   Volete andarvene ad ogni costo?... Decisamente bisogna che io vi accusi alla padrona di casa.... (*sorridendo ironica*), o ricorra al Commendatore Gaudenti per farmi spiegare l'ostinazione che mettete a voler scambiare il suo cappello col vostro... e sì che ci corre!... Ma via! Lasciate quel povero tubo del Commendatore. (*Falconi mal dissimulando l'interna stizza va a deporre sul tavolino il cappello*). Povero cavaliere!... In parola d'onore che mi fate proprio pena in questo momento. Dovete trovarvi come tra l'incudine e il martello... Mi fate l'effetto di quelle maschere che ridono d'un occhio mentre piangono dell'altro...

FALCONI   (*stizzito e a mezza voce*). Contessa, io rido di tutt'e due gli occhi!... e se cercate qualcheduno che debba piangere volgetevi dall'altra parte. (*via dalla sinistra*).

SCENA VI

La contessa Baglini e Paolo Avellini.

CONTESSA   (*si volge verso di Paolo, lo guarda comicamente, indi scoppia a ridere*). In verità, no! Non mi avete l'aria di un uomo che pianga.

PAOLO   (*freddamente*). Madama, voi avete detto che io sono filosofo, ed i filosofi non piangono mai.

CONTESSA   Per orgoglio.

PAOLO   (*c.s.*). No, ma perché la filosofia insegna anzitutto che certe disgrazie vanno sopportate con rassegnazione.

CONTESSA   Sapete, signore, che io non saprei giudicare se siete... troppo filosofo... o molto screanzato.

| PAOLO | (*con ironica galanteria*). Contessa, voi siete troppo bella, e soprattutto troppo buona, perché io possa alludere a voi. |

| CONTESSA | (*ironica*). Grazie!... Però devo confessare che i vostri principi sono comodissimi. Peccato che qualche volta essi non reggano alla più piccola prova... che so io... ad uno stormire di fronde... all'eco di un viale... all'illusione ottica prodotta dai vetri di una serra... Allora si lasciano bravamente da parte i principi e si mette mano alla spada. |

| PAOLO | (*c.s.*). La mia dorme nel fodero. |

| CONTESSA | (*sorpresa*). Non vi battete? |

| PAOLO | No. |

| CONTESSA | Sul serio? |

| PAOLO | Seriissimamente. |

| CONTESSA | (*in aria sarcastica*). Ma l'eco? |

| PAOLO | Poteva sbagliarsi. |

| CONTESSA | (*c.s.*). Scettico! Non credete nemmeno agli echi! |

| PAOLO | Ci credo come alle false testimonianze. |

| CONTESSA | (*con comica serietà*). Mio caro Paolo permettetemi che io vi faccia i miei complimenti! Non c'è che dire. La vostra fede ha del miracoloso, giacché nulla la scuote... neanche le false testimonianze. È quella stessa fede che fece i santi... e che oggi fa i mariti. Bisogna inchinarsi dinanzi al miracolo, ed io m'inchino per la prima. Eccovi un documento, una *prova scritta*, come dite voi altri avvocati, (*mostrandogli una lettera*) che giustificherà pienamente la vostra fede e smentirà le false testimonianze. È un prezioso autografo del cavalier Falconi. Ve lo leggerò. (*legge*).
"Contessa, per grazia, ascoltatemi! Siete in errore, mi hanno calunniato dicendovi che io sia stato sorpreso nel vostro giardino in colloquio amoroso colla signorina Merelli; e voi avete creduto che amando voi si possa far la corte ad altra donna! Ah! voi non mi amate come io vi amo! Permettetemi che io venga a provarvelo ai vostri piedi, giustificandomi". (*a Paolo*) Vedete che avete fatto bene a non svegliare la vostra spada! |

| PAOLO | (*freddamente*). Siate tranquilla. Dorme sempre. |

| CONTESSA | (*dopo averlo guardato un istante comicamente ma con ironia, gli stende la mano*). Decisamente mio caro Avellini, fate bene ad ammogliarvi. Voi renderete felice vostra moglie! |

| PAOLO | (*freddamente ma con dignità*). Lo spero almeno; e la prova ne sia che comincio dal mettere sotto la salvaguardia del mio onore una fanciulla tanto ingenua da ingannarsi sul valore dei suoi sentimenti, tanto pura da non comprendere che le promesse e i giuramenti dell'uomo che giurando d'amarla le consiglia di sposare un altr'uomo erano un mortale insulto per lei. Io ho fiducia nel dovere, contessa; il matrimonio ci salverà entrambi: me dal prostituire la mia dignità correndo dietro una chimera... (*inchinandosi con ironica galanteria*), una seducentissima chimera!... lei |

dalla più pericolosa tentazione ch'è quella che sembra venire dal cuore.

CONTESSA   (*c.s.*) Ma bravo! bravo di cuore! Caro Avellini, voglio aiutarvi ad ogni costo; voglio rendervi un servigio. Spero di arrivare a convincervi che io sono la migliore vostra amica... Questa lettera certamente ha sbagliato indirizzo, ma m'incarico io del ricapito. Mi promettete di ballare con me la seconda contradanza se vi rendo questo servigio?

PAOLO   (*con ironica galanteria*). Voi mi domandate come un compenso ciò che è una vera fortuna per me.

CONTESSA   Vi farò un prezioso dono in contraccambio... e non avrò altro merito che quello di farvelo trovare quando l'avete già sotto la mano... Mio Dio! come siete stupidi, voi altri filosofi! Non ci siamo che noi teste vuote capaci di sorprendere un intrigo in un segno impercettibile fatto colla coda dell'occhio... nel domandare come si chiami un fiore a chi ne deve sapere quanto di astronomia... o nell'andare a cercare un *carnet* dove si sa bene che non c'è... (*ridendo*) o nell'insistenza di un cavaliere qualunque a voler andar via ostinandosi a scambiare il suo cappello con quello di un commendatore qualunque... (*rendendo il cappello di Gaudenti*). V'immaginereste mai, signor avvocato, che quel venerabile cilindro del commendatore sia in flagrante delitto di contrabbando verso le RR. Poste?... Quel povero Commendatore ne sarebbe scandolezzato assai... eppure a sua insaputa, il suo Ufficio Postale deve funzionare con più regolarità di quello del governo... e scommetterei che il corriere d'oggi deve recare dispacci importantissimi .. a giudicare da certe occhiate eloquenti... da certe insistenze... Il cavalier Falconi aveva una premura maledetta di affacciarsi alla Posta, ma io non glie ne ho dato il tempo... ed eccovi qui... (*traendo un bigliettino dalla fodera del cappello in aria di trionfo*). Ah! Non m'ingannavo! Tocca a voi entrare nei vostri diritti di marito. Eccovi.

PAOLO   Contessa, io non vorrei commettere un'indiscrezione neanche se li avessi cotesti diritti.

CONTESSA   Sarebbe provvidenziale l'ostinata cecità di certuni!... Ebbene leggerò io. (*legge*)
"Ingrato! Ho tanto sofferto e voi non mi avete scritto il più piccolo rigo per tranquillizzarmi! Sono sulle spine! Che si dice di noi? Si sa la scena del giardino? Bisogna che io vi parli. Verrò apposta al *the* della signora Landi. Procurate d'incontrarmi da sola dopo la prima contradanza che ballerò". (*a Paolo dandogli il biglietto*). A voi! Tenetelo per le grandi occasioni.

PAOLO   (*con calma*). Infatti voi mi rendete un gran servigio procurandomi un colloquio che desideravo avere con madamigella Lucrezia.

CONTESSA   (*sempre sardonicamente*). Davvero? In tal caso vi spiano ancora dippiù la via. Lasciate fare. La vostra delicatezza non avrà a soffrire. (*mette la lettera che ricevette dal cavaliere nel cappello del commendatore ove trovò quella di Lucrezia pel Falconi*). Fatevi trovar qui dopo la prima contradanza... e non dimenticate di mandarmi il primo biglietto di partecipazione… Ma soprattutto non abbandonate neanche per un minuto il campo di battaglia. (*vedendo il cavalier Falconi*) Vedete che gli avvoltoi già sentono l'odor della preda.

SCENA VII

Il cavalier Falconi dalla sinistra, indi Adele dalla sala da ballo, e detti.

CONTESSA (*al Falconi*). Caro cavaliere, scommetto che cercate ancora il vostro cappello per andarvene! Non voglio che vi partiate così (*prendendone il braccio e vedendo entrare Landi*). Madama, le denuncio un disertore!

FALCONI (*imbarazzato*). Ma, signore mie…

ADELE Davvero, cavaliere? Io intercedo per le mie invitate

FALCONI Madama… troppo gentile!…

ADELE E anche lei, contessa… Non balla?

CONTESSA Ho accordato un giro per le sale al cavaliere… a condizione che s'impegni a vincere Berri alle prossime corse. (*via col Falconi dalla sinistra*).

SCENA VIII

Adele e Paolo.

ADELE (*con grazia*). Signore, la sua missione s'impazienta forse aspettando, e non vorrei fare attendere più oltre un così gentile ambasciatore. Ascolto.

PAOLO La mia missione è così delicata… che se non avessi la coscienza di compiere un dovere… se non contassi su tutta la sua bontà…

ADELE Oh, mio Dio! È una vera missione diplomatica adunque?

PAOLO Una missione d'amico.

ADELE Ah! Meglio così! L'accetto con tutto il cuore! (*stringendogli la mano*).

PAOLO Poco fa si parlava di un duello.

ADELE Sì, a quanto pare causato da uno scandalo…

PAOLO Peggio ancora! Una calunnia!

ADELE Ah! Bisogna smentirla, se si può!

PAOLO

Ohimè, signora!… Mi condanni, se vuole, ma io non posso smentirla in modo assoluto senza rigettarne gli effetti su di una persona… di cui l'onore deve stare al di sopra del mio…

ADELE

Ma signore… Io non saprei indovinare…

PAOLO

Ella infatti non potrebbe immaginare tanta bassezza! Ecco perché quello che è uno scandalo per tutti resta ancora un mistero per lei… ed ecco perché ciò che mi resta a dirle è il più difficile… Ma lo dirò! È un dovere d'onestà,

ADELE

Mio Dio!

PAOLO

Lo scandalo che si dice avvenuto nel giardino della contessa Baglini, il dì che fummo invitati tutti noi, ricade su di una persona… che è innocente… Ma la sua stessa innocenza le fa avere le apparenze del torto perché non la mette in guardia contro le maligne insinuazioni di una folla di maldicenti e d'invidiose che travisano i suoi più semplici atti di cortesia per farne degli indizi di colpa… Quella persona… quella donna… è bella… è il sospiro di tutti i galanti… perciò un tristo, un avventuriero di buone fortune approfittando del mistero di cui si circonda quel romanzetto sbozzato all'ombra di una serra, si è servito del nome di quella persona per farsene credere egli l'eroe.

ADELE

(*vivamente e come colpita*). Bisogna che mi dica tutto, signore!… tutto!

PAOLO

Son venuto per questo, madama.

ADELE

(*c.s.*). Si parla di me?… Voglio saperlo!… Oh Dio! Dio mio!

PAOLO

Dirle tutto è stato mio dovere d'amico, d'uomo onesto. S'ella continuasse ad ignorare di essere lo scopo di tanta calunniosa maldicenza questa si servirebbe delle apparenze che possono sembrare più insignificanti per darsi tutto l'aspetto della verità… Ella non avrebbe immaginato al certo che c'è un uomo così abbietto da approfittare delle gentili maniere con cui è ricevuto in casa sua per accreditare le sue menzogne di trionfi immaginari.

ADELE

È un'infamia!… Un'orribile infamia!

PAOLO

Tanto più orribile che può fare un male immenso.

ADELE

E c'è chi crede a quest'infamia?

PAOLO

Ier sera, al *Caffè Ricasoli* il cavalier Falconi raccontava a chi voleva e a chi non voleva udirlo, con tutte quelle misteriose e trasparenti reticenze che sono la bava del veleno, una spiritosa storiella, di cui, naturalmente, si faceva l'eroe. Tutti conoscono il cavaliere per uno sfacciato millantatore, ma la storiella era piccante, e raccontata con un certo garbo… Si rideva… Il cavaliere inoltre citava degli indizii di un'amicizia confidente… quasi intima… si offriva di dare delle prove… Un giovanotto, un cuore onesto, che si trovava lì presso, gli diede una di quelle mentite che si lavano col sangue e una sfida ebbe luogo.

ADELE

Dio! Dio mio!… Anche il duello!… Non ci manca nulla perché lo scandalo sia completo!... E per me! (*rimane un istante col viso fra le mani, poscia levando il capo in aria risoluta*) Chi fu costui?

PAOLO Madama...

ADELE (*vivamente e con dignità*). Signore, io non ho dato il diritto al primo venuto di usurparsi la mia riconoscenza neanche per difendermi da una calunnia!

PAOLO Non è un usurpatore, poiché non si farà mai conoscere.

ADELE Ma non capisce che se questo duello avrà luogo esso ferirà prima di tutto la mia riputazione? Che queste due spade lacereranno il mio onore?... Dica a quest'uomo che non ne voglio della sua difesa, della sua cavalleria... del suo eroismo da romanzo che si serve del nome di una povera donna per piedistallo!...

PAOLO (*tristamente*). Madama, egli darà il suo sangue senza pretender nulla di tutto questo.

ADELE (*con amarissima ironia*). Ah! il suo sangue!

PAOLO Egli non ha toccato mai un fioretto, e il cavaliere è valente spadaccino.

ADELE (*dopo aver esitato un istante*). Chi è costui? Voglio saperlo!

PAOLO Signora...

ADELE (*improvvisamente, come colpita da un'idea*). Ah!... il signor Giliotti! (*come abbattuta, pausa*). Oh! la mia testa!... la mia povera testa!... (*dopo un'altra pausa e con vivacità estrema*) Questo duello non lo voglio!

PAOLO Signora...

ADELE Oh, signor Avellini!... ella è un cuore onesto... Ella ha della stima per me... Non è vero?

PAOLO Dippiù ancora: ho dell'amicizia!

ADELE Ebbene! Mi aiuti! Che posso fare io sola?... Sono una povera donna senza difesa... tutti si credono in diritto di oltraggiarmi colla maldicenza... perché mi dicono bella... perché ho calcato le tavole del palcoscenico... Ho il peccato dell'arte!... Mi aiuti! Che bisogna fare?

PAOLO Coraggio! Se gli onesti non avessero il conforto che la menzogna ha corta vita... e in questo caso è così facile la giustificazione!...

ADELE (*vivamente e con dignità*). Che!... scendere a delle giustificazioni!... Io! ...

PAOLO No. Basterà semplicemente mettere alla porta il Falconi. Chi ieri dubitava ancora della falsità delle sue millanterie così oggi dovrà esserne convinto.

ADELE Ma che potrò fare per disarmare la malignità che sogghignerà della cavalleria di... di colui che prese le mie difese?... Anche pochi momenti or sono, in questo istesso luogo, io ho sentito sbattermi sul viso, però senza comprenderle, le più oltraggiose allusioni ad un amore romanzesco che io avrei ispirato... romanzesco tanto che dava occasione ad un'adulazione ironica, pungente come uno spillo... Le mie amiche... e ne ho molto di queste, rideranno dietro il ventaglio, parlando dell'eroico difensore che passa le notti sotto le mie finestre prima di andare a battersi... Oh! questo mi è stato detto signore! Mi è stato detto in faccia, qui, in questo istesso luogo!... Quelle allusioni, quei sarcasmi, quegli epigrammi erano a me diretti... e naturalmente si pensava che la devozione di quell'uomo... non dev'essere senza compensi...

PAOLO
Ahimè, signora! Nulla potrebbe fare per disarmare la malignità di coteste amiche che son gelose della sua bellezza, che le invidiano il suo romanzo. Ella ha un gran torto! Son ferite nella loro vanità, sono umiliate nella loro civetteria... Si vendicano!

ADELE
Ma è un'infamia!

PAOLO
Esse risponderebbero invece che è anche un'infamia quella di offuscarle colla bellezza e di involar loro, anche senza volerlo, gli omaggi di adoratori su cui avevano esse gettato gli occhi... Di coteste amiche tanto scandolezzate ne conosco una che sarebbe felicissima di compromettersi in modo orribile per quel matto poeta che per le sue stravaganze è diventato un oggetto di curiosità...

ADELE
La contessa!... colei!...

PAOLO
E cento altre.

ADELE
Gelosa!... Gelosa di me!... di me che non conosco colui... e non me ne curo...

PAOLO
Tanto meglio! La Contessa che se n'è curata tanto non ha potuto avere la soddisfazione di vedersi ringraziare delle sue sollecitudini!

ADELE
(*dopo aver meditato un istante*). Questo duello non si farà! No!... Voglio vedere quest'uomo!!...

PAOLO
Perché? Sarebbe inutile.

ADELE
No, signore, non sarà inutile! È necessario che io lo veda, che gli parli!... Quest'uomo che ha un cuore così nobile... comprenderà... che bisogna risparmiarmi un'altra calunnia... e forse un rimorso...

PAOLO
Non verrà.

ADELE
Perché?

PAOLO
Non saprei dirlo... Bisogna indovinarlo quell'uomo... È così eccentrico, ma nello stesso tempo tanto orgoglioso... e quando saprà...

ADELE
Non gli dica nulla... Non gli dica che so tutto... Prenda un pretesto qualunque... Gli dica quel che vuole... Ma che venga!... che venga subito!

PAOLO
Signora...

ADELE
(*con vivacità*). Ma non capisce che questo duello è un'infamia, un delitto, una cosa orribile!... che io devo fare tutto il possibile per impedirlo!...

Che quell'uomo l'ucciderà!...

PAOLO	Ebbene, signora, verrà.

ADELE	Ed ora bisogna che io parli a questo cavaliere... Mio Dio... ma non adesso!... Ho la testa in fiamme! (*via dalla destra; Paolo l'accompagna sino all'uscio*).

SCENA IX

Paolo; indi Lucrezia, dalla sala da ballo.

LUCREZIA	(*entra in punta di piedi per vedere se la sua lettera sia ancora nel cappello del commendatore, prendendola*). Ah! è ancora qui! (*Accorgendosi di Paolo vuole andarsene*).

PAOLO	(*salutando*). Madamigella!... vi aspettavo.

LUCREZIA	(*imbarazzata*). Me... signore?

PAOLO	Sì, sapevo che avreste dovuto trovarvi qui dopo la prima contradanza.

LUCREZIA	(*turbata*). Chi ve l'ha detto?

PAOLO	(*mostrandole la lettera che la contessa gli fece trovare nascosta nel cappello*). Il vostro biglietto. Permettetemi di considerano come se fosse stato diretto a me, poiché desidero avere cinque minuti di colloquio con voi.

LUCREZIA	Ah! (*consultando con un rapido sguardo la lettera che si nasconde nel pugno*). Ma come?...

PAOLO	Voi cercavate del cavalier Falconi... Io vengo diritto al fatto... Perdonatemi se son costretto ad intavolare così bruscamente un colloquio spinoso; ma ho l'abitudine della franchezza, e spero che, almeno stavolta, gioverà a qualche cosa. Non ho il diritto di farvi dei rimproveri; entrambi abbiamo dei torti da perdonarci... e delle rappresaglie a prendere da chi ci tradì... Ecco perché vi stendo la mano e vi dico: Volete aiutarmi a vendicarci entrambi?... Non vi sgomentate. La nostra vendetta non farà del male a nessuno. Noi ci vendicheremo rendendoci felici. La contessa mi direbbe *marito filosofo*: voi forse mi chiamerete vostro amico. Voi amate il cavalier Falconi, cioè credete di amarlo, e non volete sposarmi per questo: lo so. Anch'io credevo amare una di quelle donne leggiere che hanno bisogno degli omaggi di tutti. Ho veduto che nel cuore di codeste donne c'è troppa vanità per esserci posto ad un affetto sincero. Il cavaliere non vi ama, egli v'inganna e vi tradisce vilmente. Uniamo le nostre mani e vendichiamoci così.

LUCREZIA	Signore!...

PAOLO Se non potessi provarvi quello che dico forse passerei ai vostri occhi per un geloso che tenta di supplantare con illeciti mezzi il suo rivale. Invece eccomi semplicemente un amico che vi dice: Facciamo causa comune e prendiamo la nostra rivincita del tradimento di cui siamo state vittime collo stimarci scambievolmente. Io non vi dirò come abbia potuto arrivare a conoscere questa prova, ma il modo in cui l'ho avuta vi farà indovinare la mano di una gelosa rivale. Lucrezia, non vi siete mai domandata quale amore si fosse quello dell'uomo che pur giurandovi di adorarvi vi esorta ad unire il vostro destino a quello di un altro?... Se non l'avete indovinato, meglio per la vostra innocenza! In tal caso quella lettera (*indicando la lettera che Lucrezia tiene in mano*) vi proverà quale amore sia quello del cavalier Falconi. Non esitate, Lucrezia, leggetela, giacché quella lettera non è la vostra... La vostra eccola qui.

LUCREZIA (*quasi senza pensarci, ma con vivacità apre la lettera che ha trovato nel cappello, e che è quella del Falconi alla contessa, vi getta gli occhi e la scorre rapidamente*). Ah!... il vile!

PAOLO Queste viltà, nel gergo del *bon ton*, si chiamano tradimenti galanti.

LUCREZIA (*dopo essere rimasta alcuni istanti in silenzio e col viso fra le mani*). Signore... voi siete un uomo onesto... e un nobile cuore... Vi giuro che ho avuto sempre la più profonda stima pel vostro carattere... ma dopo questa prova della vostra delicatezza... della vostra generosità... io ho della gratitudine... della più sincera amicizia per voi... Sì, io sarò vostra amica... ma null'altro... Dopo quello ch'è accaduto io non potrei alzare gli occhi su di voi... senza arrossire... come arrossisco in questo momento. Ritirate la vostra parola, signore... Io porterò la pena della mia leggerezza e della mia irriflessione...

PAOLO Non ritirerò la mia parola, Lucrezia, poiché la nobiltà del vostro cuore mi risponde di esso.

LUCREZIA Ma se accettassi la vostra mano... dopo quella lettera... io sarei l'ultima delle donne!

PAOLO (*sorridendo*). No. Sarete semplicemente quello che sono state moltissime ottime madri di famiglia alla vigilia del loro matrimonio: l'ultima delle ragazze sentimentali e la prima delle buone mogli.

LUCREZIA (*commossa*). Oh! Paolo... Come non ho veduto prima d'ora qual nobile cuore sia il vostro?...

PAOLO No, no, madamigella. Io ho forse agito per egoismo. Vi ho dato la mia parola per avere una rivincita qualsiasi da una donna che si faceva giuoco di me... onde non servire più oltre di trastullo alla vanità di una di quelle civette alla moda che amano il lusso degli adoratori come quello dei cavalli. Entrambi siamo partiti da un brutto movente... chissà se a mezza strada la stima reciproca non ci faccia incontrare quell'amicizia sincera e completa ch'è più durevole e forse più simpatica dell'amore istesso? Se credete che un giorno potrò arrivare ad ispirarvi una tale amicizia... allora... lacerate la vostra lettera (*dandole la lettera di lei scoperta dalla contessa*). Io l'ho dimenticata.

LUCREZIA (*gli si accosta esitante, col capo chino e arrossendo gliela restituisce*). No... serbatela... affinché io possa provarvi... colla devozione di tutta la mia vita... ch'essa non fu altro che un brutto sogno.

SCENA X

La contessa Baglini al braccio del cavalier Falconi, dalla sinistra.

CONTESSA (*con doppio senso ironico*). Caro signor Avellini, mi pare che sia tempo di reclamare il vostro ballo. (*al Falconi*) Cavaliere! Che lo scherzo di cui parlano i vostri amici vi riguardi un pochino?!... No, davvero! Non vi lascerò scappare così facilmente! Miei cari, aiutatemi a trattenere il cavaliere che vuole andarsene... Scommetto che ha paura del vostro scherzo!

LUCREZIA (*con ironia*). Sarebbe vero, cavaliere? Ma invece quello che vi resti di meglio a fare per sostenere la vostra riputazione di uomo di spirito è di riderne pel primo.

FALCONI (*imbarazzato*). Signore mie!...

LUCREZIA (*c.s.*). Perdonateci, cavaliere. Io non vi nominerò i colpevoli, ma intercederò per essi. Voi altri signori del Club avete messo alla moda le scommesse... e noi fummo tentati di scommettere... Una pazzia! Una fanciullaggine!... (*con grazia*). Guardateci, e scoprirete il reo! La riputazione del vostro spirito sembrava così incontestabile che ci fu chi ebbe il capriccio di metterlo in dubbio, e siccome il vostro lato vulnerabile è la vanità... (veramente voi non ci avete colpa, poiché le vostre numerose conquiste hanno giustificato la vostra vanità) così vi si attaccò da quel lato. (*piano e con doppio senso ironico accennando alla contessa*) Chissà se qualcuno dei colpevoli non si sia prestato allo scherzo per mettere alla prova la vostra costanza? (*dandogli la lettera di lui alla contessa, trovata nel cappello invece della sua*). Dimenticate lo scherzo e procurate per l'avvenire di non smarrire più i vostri autografi! In quanto a noi... (*con grazia, prendendo la mano di Avellini*), vi promettiamo di non ridere dell'avventura che fra noi due... accanto al fuoco...

FALCONI (*con collera*). Io invece vorrei trovare qualcheduno che ridesse onde renderlo responsabile di questo cattivo scherzo!

PAOLO (*con ironica calma*). Caro cavaliere, se cerca un gerente responsabile di questo scherzo procuri anzitutto di non farlo ridere... poiché uomo che ride è uomo disarmato.

FALCONI (*minaccioso*). Signore!

SCENA XI

Adele e detti; indi la signora Merelli e il comm. Gaudenti.

ADELE Che c'è? Un altro duello! Ma, cavaliere, ella diventerà il Don Chisciotte dei bagni! Signori, voi conoscete l'avversione che ho per gli spettri rossi o bianchi... (*con grazia*), i voi siete troppo galanti per far paura ad una donna!

SIG.RA MERELLI Mia cara Lucrezia, il Commendatore casca dal sonno e vuole andarsene ad ogni costo. (*ad Adele*) Mi rincresce, madama, di dovere abbandonare così presto la sua bella festa.

ADELE Le sarò sempre grata di esserci venuta!

GAUDENTI Oh! Non è propriamente che io abbia sonno... Ma alcuni lavori urgentissimi... Non son padrone del mio tempo!...

SIG.RA MERELLI È verissimo! Sa bene... quella nomina di senatore che ci minaccia!... Tanti lavori... tanti fastidi... tante seccature!

ADELE Le son proprio tenuta del sagrificio che me ne ha fatto... Ma si rammenti sarò più gelosa delle sue occupazioni (*con grazia*).

GAUDENTI Madama!... Mi confonde!... Proprio!...

SIG.RA MERELLI Eh, chissà!... Non potrei prometterglielo... veramente... Se ci fermeremo ancora qui... Ma non si può dire quello che avverrà da qui ad una settimana... Il commendatore dovrà forse andare a Firenze... a trovare dei Ministri... dei Senatori... che so io?... (*piano alla contessa e ad Adele*) E adesso che ho quasi collocata la mia bambina... Ci saranno altre novità forse... Si partirà in due coppie... per un viaggio di luna di miele (*prendendo il braccio del commendatore*).

LUCREZIA (*vedendo che il cavaliere imbarazzatissimo per non sapere che fare è per svignarsela col cappello in mano*). Che fate, cavaliere? (*ironica*) Rimanete, ve ne prego. Non sono egoista, e non vorrei mettere il lutto nella festa!... Non siate in collera con me. Avete avuto torto... (*sottovoce e con grazia prendendo il braccio di Avellini*). Ma io vi dovrò forse la mia felicità.

(*Escono dal fondo la Sig.ra Merelli al braccio del commendatore e Lucrezia con Paolo*).

43

SCENA XII

Adele, la contessa Baglini e il cavalier Falconi.

CONTESSA	(*sarcasticamente*). Decisamente, povero cavaliere, alla vostra aria sembra che quello scherzo sia stato molto pungente!
FALCONI	(*cercando dissimulare il suo dispetto sotto un'aria di galanteria*). Spine di rosa! Puntura lieve!
CONTESSA	Sarà stato qualche spillo invece che vi avrà punto.
ADELE	(*ironica*). Punture galanti alle quali un uomo del bel mondo dev'essere abituato!
FALCONI	Eh!… pur troppo!
CONTESSA	No, no. Questi signori sono così vani! Pretendono saper giocare colle rose senza pungersi le dita… e quando hanno le mani in sangue si mettono i guanti per nascondercelo.
ADELE	Si tolga i guanti, cavaliere…
CONTESSA	Lasciateli, mio caro. (*ad Adele*) Egli sarebbe capace d'inventarci che cadde su di un mucchio di vetri.
ADELE	(*c.s.*). Oibò!… il cavaliere mentire!
FALCONI	Ma, signore mie, mi pare che se ciò fosse dovrei anzi andare orgoglioso delle mie mani sanguinanti.
ADELE	(*c.s.*). Come un veterano delle sue ferite?
FALCONI	Ma certamente! Chi è ferito sulla breccia non è forse un buon soldato?
ADELE	(*c.s.*). Però io conosco di quei soldati che si feriscono da sé per farsi mettere in sicuro all'ambulanza.
CONTESSA	Allora credo che non ci resta di meglio a fare che preparare la vostra barella. (*ridendo*).
FALCONI	Se mi promettete di essere la mia suora di carità mi rassegno all'ospedale. (*con galanteria*).
CONTESSA	(*con comica esitazione e sorridendo ironica*)… Preferisco vedervi in buona salute.
FALCONI	Non vi date la pena di esser meco gentile, contessa!
CONTESSA	È la moda *Jockey-Club*.
FALCONI	Eppure sarei tentato di non credere alla vostra inimicizia. (*con galanteria*).
CONTESSA	Siete modesto!
FALCONI	(*come sopra*). Volete dire che son fortunato… (*piano*), se è vero che

avete prestato i vostri spilli alla signorina Merelli per mettermi alla prova!

CONTESSA	(*ironica*). Non avete sospettato che anche questa supposizione potrebbe essere uno scherzo di Lucrezia?
FALCONI	Amo credere il contrario.
CONTESSA	(*c.s.*). Alla buon'ora! Questo si chiama afferrare la fortuna pei capelli!... (*piano e con grazia*) Del resto è possibile che presto o tardi abbiate ragione!...
FALCONI	(*vivamente*). Ah! quando, contessa?... quando?
CONTESSA	(*sorridendo con leggerezza*). Quando avrete vinto sul *turf* quel diavolo di Berri. È una scommessa; sapete che noi donne siamo capricciose! Procurate di vincere! (*stringendo la mano alla Landi*). Addio, madama. Io conto su di lei tutti i miei giovedì perché mi aiuti ad incatenare questi signori attorno alle nostre poltrone. (*vedendo che il cavaliere prende il cappello per accompagnarla*) Cavaliere, rimanete. Vi lascio in troppo bella compagnia per avere il coraggio di farvi eclissare con me... Non vi date la pena di raggiungermi che quando avrete a darmi la buona notizia che avete vinto la vostra scommessa... Non vi perdonerò se non a condizione che diventiate il leone del giorno, e facciate omaggio del vostro *chic*. Addio (*parte*).

SCENA XIII

Adele e il cavalier Falconi.

ADELE	Ella non ha fortuna stasera, cavaliere!
FALCONI	(*imbarazzato ancora*). Lo crede, madama?
ADELE	È la seconda volta che prende il suo cappello e vien pregato di deporlo col più grazioso sorriso; ma di tali sorrisi noi donne c'intendiamo. E per non farglielo tenere più in mano le dico: si metta a sedere e discorriamo.
FALCONI	(*con galanteria*). Ecco invece che son ben fortunato!... È un vero favore! ... oh, grazie!
ADELE	Grazie! Ma perché? Non siamo amici?... amici sinceri?...
FALCONI	Me ne vanto.
ADELE	E non è naturale che io stia più volentieri cogli amici?... Tanto peggio per gli altri!
FALCONI	(*inchinandosi*). E tanto meglio per me!
ADELE	(*c.s.*). Grazie! Del resto non ho la pretenzione di fare dei gelosi. Tutti i

miei amici hanno gli uguali diritti alla mia stima, né credo che il mondo possa trovarci nulla da criticare.

FALCONI   Oh, certo!

ADELE   Ecco perché io ho la fiducia più completa, più cieca nell'amicizia: perché non so immaginare che la viltà più vile possa arrivare a calunniare il più nobile dei sentimenti, che l'abiettezza più turpe possa arrivare a commettere il più odioso attentato sotto la maschera dell'amicizia... Non ho ragione di pensare così?

FALCONI   Certamente... Anch'io sono del suo parere... perfettissimamente...

ADELE   (*stendendogli la mano e con amaro sarcasmo*). Oh! lo sapevo: ecco perché siamo amici! Ma parliamo un poco delle sue buone fortune.

FALCONI   (*con finta modestia*). Oh, madama!...

ADELE   Fra amici!... E poi tutti lo sanno... Ella ha una terribile riputazione!

FALCONI   Si esagera!... Si esagera di molto!...

ADELE   (*con amichevole confidenza sorridendo*). Quella povera contessa!...

FALCONI   Lasciamola lì, di grazia.

ADELE   (*c.s.*). Ingrato!

FALCONI   La contessa è bella, elegante, seducentissima...

ADELE   Ma...

FALCONI   Ma come ce ne sono tante altre.

ADELE   Ah! cerca una fenice!

FALCONI   L'avrei anche trovata! (*con galanteria*).

ADELE   Ah!... L'avverto, cavaliere, che cogli amici sono terribilmente indiscreta.

FALCONI   Madama...

ADELE   Voglio conoscere madama Fenice!

FALCONI   Non oso...

ADELE   Non osare!... lei... un *Lovelace*!... Sarebbe una galanteria? Temerebbe che io mi offendessi del paragone... Ah! cavaliere, ella fa torto al mio spirito!

FALCONI   No!... Non avrei nulla a temere!...

ADELE   Che!... Sarei una fenice anch'io?...

FALCONI   (*con entusiasmo*). Un miracolo addirittura!

ADELE   Ah! ah! Povero cavaliere! Ma io sono una fenice della specie più comune!... come ce ne sono mille!

FALCONI   (*c.s.*). Ah! s'ella si potesse mirare coi miei occhi! Se potesse giudicarsi col mio cuore!

ADELE	(*sardonica*). M'innamorerei di me stessa?
FALCONI	(*c.s.*). Al delirio!… alla follia!… come me!
ADELE	Oh! oh! Troppa roba per un capriccio!
FALCONI	Capriccio!
ADELE	Chiamiamolo un puntiglio. Vuol sapere cos'è questo capriccio? Glielo dirò! Si rammenta di quand'era bambino?
FALCONI	Che vuol dir ciò, signora?…
ADELE	Si rammenta quale balocco preferisse fra i cento giocattoli?
FALCONI	Madama…
ADELE	La luna.
FALCONI	Signora, io non posso tollerare…
ADELE	Sissignore, la luna! Non perché le sembrasse più bella o perché lo divertisse meglio dei suoi giocattoli, ma perché capiva per istinto che le sue piccole braccia che stendeva strillando per possederla sarebbero state sempre troppo corte per acchiapparla. È sorprendente come sia precoce nell'uomo la brama dell'impossibile! Adesso che non è più bambino, che è un perfetto cavaliere e si balocca con altri giocattoli più fragili ma più divertenti ella si è ricordato degli istinti da bambino, e si è convinto di essere innamorato di me perché ha sentito dire che il mio cuore è di accesso difficile assai… per poter dire: sono arrivato dove gli altri non hanno mai potuto pervenire! È un puntiglio di galante che vale un capriccio di bimbo.
FALCONI	No, signora! Tutto questo è ingiusto!… Non è vero.
ADELE	(*con scherno velato*). Mi amate?
FALCONI	Ma io vi adoro!
ADELE	Per me?… o per gli altri?
FALCONI	Quali altri?
ADELE	I vostri amici, voi lo sapete, quelli cui dovete far credere alla vostra reputazione di seduttore! Me ne rincresce per voi, ma se mi aveste consultato io vi avrei dato un buon consiglio per far credere alla vostra buona fortuna e farvi invidiare da tutto il *Jockey-Club*.
FALCONI	Ma io non capisco…
ADELE	(*colla stessa amara ironia*). Come siete poveri di spirito voi altri seduttori! Ci vuol molto ad inventare una storiella piccante, una di quelle calunniette, appoggiate a plausibili indizi… una di quelle astuzie di buon genere… che il volgo degli sciocchi chiama birbonate e vigliaccherie addirittura!… (*riprendendosi*). Mio Dio! è questione di ottica. Tutto sta a non esagerare, a non prendere sul serio i paroloni, le frasi rotonde! Infamie! Calunnie! Vigliaccherie!… Ma si può essere più stupidi! per un semplice tratto di spirito, uno di quegli aneddoti galanti profumati di tutte

le grazie dello scandalo che le dame ascoltano turandosi le orecchie, e che piacciono a tutti!... Una persona perbene! un uomo elegante, che si batte per un sorriso equivoco e che si lava le mani con acqua di Colonia! ... Eh! via!

FALCONI	Ma che bisogna fare per farvi credere al mio amore... ad un amore senza limiti!...
ADELE	(*sardonica*). Come me lo dite!...
FALCONI	Ma io ve lo dico ai vostri piedi! (*inginocchiandosi*). Ve lo dico supplichevole! Ve lo dico con tutta l'anima mia!
ADELE	(*ridendo*). Alzatevi, signore; ché i vostri pantaloni prendono cattive pieghe!
FALCONI	(*rizzandosi indispettito*). Ah!
ADELE	Voi siete ridicolo posando da innamorato, Posate da seduttore invece e la vostra vanità sarà soddisfatta!... a prezzo del vostro onore potrebbero dire gli sciocchi... No, perché voi rubate quello degli altri!
FALCONI	Signora!...
ADELE	(*con dignità*). Non ho finito. Per qualche cosa di simile dovete battervi col signor Giliotti. Questo duello non voglio che abbia luogo!
FALCONI	(*con rabbia concentrata sorridendo*). Mi rincresce, signora, ma colui pagherà per tutti.
ADELE	(*con forza*). Questo duello non avverrà! Vi perdono a questa sola condizione!
FALCONI	Grazie del perdono!
ADELE	(*c.s.*). Questo duello non avverrà. Io vi renderò ridicolo, vi renderò spregevole, vi renderò infame!... dirò tutto! tutto quello che avete fatto, tutto quello che siete!
FALCONI	Dica pure! Io farò! (*per partire*).
ADELE	(*con impeto*). Ebbene!... Adesso non mi resterà alcun rimorso per questo assassinio! Il signor Giliotti si batterà alla pistola, petto a petto, tirando a sorte il primo colpo.
FALCONI	(*interdetto*). Eh!... Ma... Ciò non è cavalleresco!...
ADELE	Ah! perché siete uno spadaccino preferireste assassinare cavallerescamente il vostro avversario che non sa di scherma!... Il signor Giliotti ha la scelta delle armi ed usa del suo diritto.
FALCONI	(*turbato*). Ebbene... proverò che un cavaliere... quantunque ferito nel più vivo dell'amor proprio... non può negar nulla ad una dama... per parte mia rinunzio alla riparazione che mi è dovuta...

SCENA XIV

Il domestico, annunziando; indi Alberto.

DOMESTICO — Il signor Alberto Giliotti.

FALCONI — (*sardonico*). Ah!... ecco il momento di prendere il mio cappello!...

ADELE — (*con dignità*). Non ho più nulla a dirle, cavaliere! (*al domestico*) Accompagnate il signore e fate entrare. (*Falconi via dal fondo*).

ALBERTO — (*entra senza salutare il cavaliere*). Signora, il mio amico mi ha detto che ella desiderava...

ADELE — (*fa segno ad Alberto di mettersi a sedere, e siede anche lei agitatissima di faccia a lui. Pausa*). Signore... io non avrei osato... Mi perdonerà se... Non saprei io stessa... Sono così turbata!... Ella è un cuore onesto... Devo chiederle un gran servigio e forse una riparazione.

ALBERTO — A me, signora?

ADELE — So che dovrà battersi col cavalier Falconi.

ALBERTO — Ebbene?

ADELE — E so perché si batte!

ALBERTO — Ah!

ADELE — C'è di mezzo l'onore di una donna che soltanto voi due sapete ch'è innocente; ma il mondo dirà che fra due uomini che si battono per una donna ce n'è sempre uno che si batte perché ne ha il diritto. Ora domando a lei che sa come il cavaliere non abbia questo diritto: L'ha ella forse?

ALBERTO — No!

ADELE — In tal caso bisogna ch'ella rinunzi a questo duello, come vi ha rinunziato il cavaliere per la sua parte.

ALBERTO — E il mio onore?... Io non mi faccio giudice di quello del cavaliere.

ADELE — Ma io penso all'onore di una povera donna che diverrà la favola del mondo!

ALBERTO — I nostri secondi hanno avuto incarico di stabilire come causa del duello un diverbio d'argomento politico.

ADELE — Chi ci crederà?

ALBERTO — Madama... io invoco la sua stessa testimonianza... Crede che io sia un onest'uomo? Crede che io darei tutto il mio sangue per affogare ogni calunnia possibile? Ebbene!... Bisogna che io mi batta con quell'uomo!

ADELE — Perché?

ALBERTO — Non lo so!... L'odio! Lo detesto! Bisogna che io l'uccida o ch'egli mi ammazzi!

| **ADELE** | Ahimè! È uno schermidore di prima forza! |

ALBERTO — Che m'importa! Se potrò comunicare il mio odio alla mia spada troverò la via del suo cuore!

ADELE — Vi ucciderà!

ALBERTO — Che m'importa! Io l'odio!

ADELE — (*commossa*). E se questo sangue fosse un rimorso per quella donna causa innocente del delitto?

ALBERTO — Un rimorso!! (*esitando*) Tanto meglio! È un ricordo che vale la vita di un uomo!

ADELE — (*c.s.*). Ebbene no! Io non voglio! Io non voglio! Oh, signore, ascoltatemi, per tutto quello che avete di più sacro! Rinunziate a questo duello... e partite!

ALBERTO — Partire!... e perché?

ADELE — Perché... Bisogna dirvi tutto!... Perché voi mi fate un gran male!... Oh, no!... è la mia sciagurata posizione!... è la mia sventura!... è la viltà del mondo!... Sì, il mondo ch'è sciocco e maligno, il mondo che si pasce di pettegolezzi e di scandali ha raccolto con cura gelosa cento particolari che passerebbero inosservati se non fossero preziosi per la sua malignità! ... (*animandosi grado a grado con amara ironia*). Stasera... un'*amica*... fra un sorriso e una stretta di mano mi parlava di un uomo... che passa le notti sotto le mie finestre... Ebbene, il mondo sorriderà nel ripetere la notizia... come sorrideva la mia *amica*!... Soltanto non si curerà di nascondere i denti con cui lacera tutto quello che c'è di più delicato nella donna... e aggiungerà che se quest'uomo ha seguita questa donna da Milano a Firenze non sarà senza una ragione... anzi c'è tutto a scommettere che egli non perda il suo tempo!...

ALBERTO — (*con impeto*). Il mondo è vile!

ADELE — (*con dignità*). Lo so!... Ma il mondo è forte della sua viltà, si nasconde dietro quella nebbia che si chiama voce *pubblica* ed ha una logica terribile!

ALBERTO — (*dopo aver esitato*). Ebbene... gli si dica che quest'uomo è pazzo... gli si dica che è un poeta!... Il mondo si vendicherà col ridicolo della maldicenza che gli sfugge.

ADELE — (*stendendogli la mano*). Signore!... Ella mi ha fatto un gran male senza saperlo... ma nello stesso tempo mi ha dato prova della sua lealtà!... Signore! Io sono una povera orfana. Da bambina ho provato tutti i mali di questo triste isolamento... Ho molto sofferto, ho pianto molto!... Non ho avuto altro conforto, altro amore che questa arte che forma il mio orgoglio ma è per me un altro motivo di debolezza. Son sola, sono artista, l'ultimo imbecille si crede in diritto d'insultarmi col suo oro!... Ecco quello che sono, signore! Sono stimata meno di una donna e la mia riputazione dev'essere al di sopra di quella di una duchessa!... Oh, signore!... è ben triste! non è vero?... ma è così!... Dica a quell'uomo che sia generoso... che parta... che abbandoni Livorno... Ci sarà una donna che lo ringrazierà da lontano... se ciò gli costerà qualche sacrificio!

ALBERTO (*alzandosi bruscamente, ma risoluto*). Partirà, signora!... Addio!

ADELE (*lo segue collo sguardo, esitante, commossa*). Signore!

ALBERTO (*volgendosi, anch'egli assai commosso*). Che volete dippiù, signora?

ADELE Voglio che mi perdoniate le parole di poco fa... e che ci lasciamo amici! ...

ALBERTO Se c'è qualcuno che ha bisogno di esser perdonato son io!... Non ho che una parola di giustificazione: son poeta... son matto!... Ho qui nel petto questa lebbra che ci rode e ci rende miserando spettacolo al vulgo degli scioperati!... Se vi ho fatto del male accusatene questa follia che ha la stranezza di adorare alla sua maniera e di bruciare l'incenso alla sua divinità senza curarsi del mondo!... Accusatene questa febbre che mi arde le vene, questa larva che mi abbacina gli occhi, questo delirio che sconvolge la mia ragione! Accusatene voi, il giorno in cui vi vidi, questo istante in cui vi sto dinanzi! Accusatene i miei occhi che vi vedono, la vostra voce che mi parla, il mio cuore che divora la vostra bellezza da tutti i sensi del mio corpo! (*amaramente*) È un'infermità! una terribile infermità!... Bisogna guarirne e partire.

ADELE (*commossa, esitante*). Quando partirete?

ALBERTO Domani, col primo treno.

ADELE (*c.s.*). Dove andrete?...

ALBERTO Non lo so.

ADELE (*con crescente commozione*). Ci rivedremo?

ALBERTO Forse.

ADELE (*c.s.*). Saremo amici?

ALBERTO No.

ADELE Perché?

ALBERTO Non potrei che odiarvi se non posso amarvi. Addio!

ADELE (*come fuori di sé, quand'egli è sulla soglia*). Signore... Non mi lasciate così, signore! (*pausa - indi avvicinandosi lentamente ad Alberto colle lagrime agli occhi*). Siete cattivo, signore!... Vi ho domandato il vostro perdono... e voi mi lasciate in collera!...

ALBERTO Io!... Dio mio!

ADELE Ma se il mondo avesse torto?... Se il mondo fosse troppo meschino per giudicarci e condannarci?... e allora perché tanti dolorosi sacrifici di cuore?...

ALBERTO (*commosso*). Ah! voi dubitate di questo famoso giudizio del mondo?!...

ADELE (*con incantevole abbandono*). Adesso... sì!...

ALBERTO (*con entusiasmo*). E credete che ci sia una felicità al di sopra della sua condanna?!...

ADELE (*dandogli le mani con abbandono*). Ho bisogno di crederci!

ATTO TERZO

Giardino invernale pieno di luci e di colori.

SCENA I

Alberto dalla destra, Adele dalla sinistra.

ALBERTO	M'avete fatto chiamare?
ADELE	Sì. Ho visto aprire le vostre finestre che ancora non era giorno, e desideravo vedervi prima che foste uscito.
ALBERTO	Che! Levata a quell'ora!… Ma voi ammalerete, Adele!… Quale pazzia?
ADELE	(*con grazia un po' amara*). Non me la rimproverate, Alberto!… Perché c'è stato un tempo quando di tali pazzie ne abbiamo fatto insieme!… (*cambiando discorso con uno sforzo penoso, ma con grazia*). Ma voi non mi avete dato il buongiorno, signore!
ALBERTO	(*badandola in fronte ma con freddezza*). Ecco!
ADELE	Non sedete un momento? Avete fretta?
ALBERTO	(*freddo e pensieroso*). Oh… no…
ADELE	Abuso del vostro tempo?
ALBERTO	(*c.s.*). Oh… tutt'altro!… Voi lo sapete.
ADELE	(*con grazia e passione*). Sono forse esigente!… Bisogna perdonarmi… Che volete… mi avete avvezzata così male!… (*ravviandogli i capelli*). Come siete diventato, Alberto!… Voi trascurate orribilmente i vostri capelli… i vostri vestiti…
ALBERTO	(*c.s.*). Davvero?…
ADELE	Sì, proprio!… Non vi si riconosce più!… Non pensate che alla caccia… e andar fuori… a divertirvi…
ALBERTO	(*come uomo mortalmente annoiato*) Se sapeste come mi diverto, Adele!
ADELE	(*con segreta amarezza*). Vi annoiate?
ALBERTO	(*c.s.*). Oh!… assai!… (*riprendendosi*). All'infuori di quando sono presso di voi.
ADELE	(*vivamente e con grazia*). Chi vi manda via signore?
ALBERTO	(*imbarazzato*). Ah, temo di annoiare anche voi.
ADELE	(*con amarezza mal repressa*). Oh! quanti timori!… (*rimettendosi, con*

grazia). Ma sapete, signore, che io son gelosa dei divertimenti che vi procurate senza di me!… Oh, dico per ischerzo, sai!… Che hai fatto ieri? (*prendendogli le mani*).

ALBERTO	(*freddo*). Una visita al podere di uno dei nostri amici.
ADELE	Tornasti assai tardi.
ALBERTO	È vero.
ADELE	Dopo le due.
ALBERTO	Come lo sai?
ADELE	(*con grazia*). Ero lì ad aspettare.
ALBERTO	(*con mal dissimulato dispetto*). Un'altra bambinata!
ADELE	(*con amarezza*). Ah!… bambinata!
ALBERTO	(*c.s.*). Perché darvi la noia di aspettarmi?
ADELE	(*c.s.*). Ma io non mi annoio aspettandovi, signore!
ALBERTO	(*c.s.*). Questo è un modo indiretto di rimproverarmi la mia tardanza… e un uomo di cuore…
ADELE	(*con amarezza*). Ah!… giacché voi avete cuore!… vi ricorderete che io non vi ho mai detto una sola parola… (*riprendendosi e con affetto*). Ho avuto torto… ma non sai… Non è mia colpa… La notte, prima che oda rinchiudere il cancello… prima che oda il tuo passo nel viale… mi sembra che mi manchi qualche cosa… e non posso dormire… (*con grazia affettuosa*).
ALBERTO	Permettetemi di dirvelo, mia cara, questa è un'affezione che somiglia alla tirannia…
ADELE	Oh!!!
ALBERTO	(*rimettendosi e stringendole la mano*). Perdonatemi, Adele!… Sapete che qualche volta sono così fuori di me!… Ho tanti pensieri, tanti fastidi pel capo!…
ADELE	Perché non confidarmeli?
ALBERTO	Che potreste farci?
ADELE	Un tempo vi era di conforto soltanto il confidarmeli!
ALBERTO	Ma lo so io stesso?… tante esigenze della vita!… Bisogna pure ricordarsi che al di fuori di questa casa c'è un mondo con altre leggi ed altre esigenze!…
ADELE	Io son più fortunata di voi, giacché il mio mondo finisce al cancello del giardino; è tutto qui!
ALBERTO	Però converrete, amica mia… che anche un paradiso a lungo andare… e lo star sempre in campagna… stanca orribilmente!…
ADELE	Siete stanco?

ALBERTO	(*imbarazzato*)… Di star in villa… sì.
ADELE	Dicevate di volerci passare la vita!
ALBERTO	Pazzie!
ADELE	Ah!…
ALBERTO	Che avete?…
ADELE	Nulla!… E quando volete partire?
ALBERTO	Ma quando vorrete. Sapete bene che non ho altra volontà che la vostra.
ADELE	Che faremo? Dove andremo?
ALBERTO	Non lo so… Dove vanno tutti… Faremo quello che fanno gli altri… Purché si cambi!
ADELE	Ah!
ALBERTO	Mio Dio! perdonatemi, Adele! Sono orribilmente noioso oggi!… Perdonatemi! è perché sono orribilmente annoiato!
ADELE	Di me?…
ALBERTO	Oh, no!
ADELE	Ebbene! Facciamo i nostri castelli in aria per quest'inverno onde distrarvi (*prendendogli le mani con grazia ed affetto; vedendolo che osserva l'orologio, con amarezza*). Che ore sono?
ALBERTO	Le otto.
ADELE	Il vostro appuntamento è per le otto?
ALBERTO	Sì.
ADELE	Andate a caccia?
ALBERTO	Sì.
ADELE	Sarete in molti?
ALBERTO	Non molti; i nostri vicini di villeggiatura soltanto: Paolo, il commendatore Gaudenti, e il cavalier Falconi.
ADELE	Ah!… anche il cavaliere?
ALBERTO	Che volete, il cavaliere è fatto di quella gomma elastica di uomo di buona società che si adatta a tutte le situazioni più scabrose ed è impenetrabile a tutte le ingiurie. La prima volta che ci siamo incontrati il cavaliere mi ha steso la mano come se nulla fosse stato. Non c'è verso di schiaffeggiare un uomo che vi disarma col sorriso.
ADELE	E le loro signore?
ALBERTO	Verranno anch'esse a raggiungerci laggiù, presso la crocevia che è il nostro ritrovo di caccia… (*imbarazzato*). Non vi ho pregato di venirci anche voi perché so che sarebbe stato inutile… Vivete così ritirata!…
ADELE	(*reprimendo un sospiro*). Infatti…

| **ALBERTO** | (*dopo una pausa imbarazzante, esitante e commosso*). Se ho avuto torto perdonatemi! |

ADELE

No, no mio buon Alberto!… Voi non avete torto… anzi vi son grata della delicatezza con cui cercate di risparmiarmi tutte le umiliazioni che colpiscono la mia posizione… Questa posizione io la conosco; l'ho accettata con tutte le prove e le amarezze che l'accompagnano… (*stendendogli le mani*) e non me ne pento!

ALBERTO

(*baciandole la mano*). Grazie, Adele!

ADELE

(*vivamente, mettendogli le mani sulla bocca*). Oh, no!… Non mi dire questo, per carità!… Tu non sai quanto male mi faccia!

ALBERTO

Che?…

ADELE

(*come lasciandosi trasportare*). Oh, lasciami rammentare il tempo quando tu non mi ringraziavi dei sacrifici che ti facevo!… quando il tuo amore era sì ardente che era egoista, e mi chiedeva inesorabilmente il mio onore, la mia riputazione, la mia vergogna!… ed io ero felice di darti tutto perché così non mi rimaneva più che il tuo amore!… Oh, perdonami, Alberto!… Ti sei fatto triste!… Non badare a me, sai!… Son fanciullaggini!… Divertiti alla caccia… non pensare che ho pianto… Oh! ti giuro che sono allegra… Vedi? sorrido!… Divertiti… Poi, quando sarai tornato, lì, accanto al fuoco, mi narrerai com'è andata la caccia. (*con sforzo penoso e sorridendo fra le lagrime*) Ben inteso che mi tacerete se avete fatto il galante con quelle signore!

ALBERTO

(*crucciato internamente come da un rimorso*). Oh, Adele!…

ADELE

È così!… fanciullo che siete! Un cattivo scherzo di nervi di donnicciuola vi rende melanconico!… E sì che dovreste rimproverarmi perché non sono ragionevole!… Via, ecco, vi prometto di esser buona. Che mi porterete voi in premio? Non vi chiedo molto, sapete… Un fiore, un filo d'erba che avrete portato all'occhiello del vostro vestito tutta la giornata per mia memoria…

ALBERTO

Così poco!…

ADELE

Oh, mio Dio! E vi par poco!… (*con dolore*). Come siete diventato, Alberto!…

ALBERTO

Perché mi dite questo, Adele?

ADELE

Perché il cuore non vi ha detto che io indovinerò dove andrete a raccogliere quel fiore per me.

ALBERTO

Ma dapertutto dove ne troverò dei più belli!

ADELE

(*con tristezza*). Speravo che aveste pensato semplicemente a quella siepe fiorita, laggiù, presso il mulino, che ci riparò colla sua ombra tante volte e dalla quale voi coglievate quei gentili fiorellini che mettevate colle vostre mani fra i miei capelli.

ALBERTO

Ebbene, se ciò vi fa piacere io ci anderò.

ADELE	(*con amarezza*). È inutile giacché il cuore non ve l'ha suggerito!
ALBERTO	Ma che!… Voi piangete, Adele!… Per un capriccio!
ADELE	Un capriccio!… Oh, perdonatemi! Come son cattiva oggi!

SCENA II

Giulietta e detti.

GIULIETTA	La signora Avellini domanda se madama può riceverla.
ALBERTO	(*con moto involontario di sorpresa*). Come!…
ADELE	La signora Avellini!… Una visita a me.!… Che ne dite, Alberto?
ALBERTO	(*imbarazzato*). Ma… veramente… non saprei…
ADELE	(*a Giulietta*). Ha chiesto proprio di me?
GIULIETTA	Sì, madama.
ADELE	Sa che sono in casa?
GIULIETTA	Gliel'ha detto il giardiniere,
ADELE	(*consultando Alberto*). Come si fa a non?…
ALBERTO	(*c.s. e guardando l'orologio*)… Ma… io…
ADELE	(*dissimulando una tinta di amarezza*). Forse si fa tardi per voi… Riceverò io quella signora. Non vi fate aspettare.
ALBERTO	Grazie… Anzi… per far più presto, anderò via da quella parte (*accennando la terrazza*). Addio.
ADELE	(*con tristezza*). Addio. (*a Giulietta*). Fate entrare. (*Giulietta via*). Ah! Dio mio!

SCENA III

Lucrezia e Adele.

| **LUCREZIA** | Madama, io vengo a farle le mie lagnanze! Come! Siamo vicini di campagna da tanto tempo e non ci siamo viste una sola volta!… e senza una fortunata combinazione non avrei saputo che a due passi della nostra brigata d'amici ce n'era un'altra delle amiche che non si curava di cercare |

di noi, e di farci sapere che esisteva!… Sarebbe in collera con noi? Perché? Non saprei; ma se abbiamo dei torti vengo a scusarmene, e se no vengo a perdonare il suo e ad esigerne riparazioni!… Mentre tutti gli altri corrono alla caccia, io che non mi ci diverto gran che son passata dal suo villino, il suo giardiniere mi ha detto di averla vista su quella terrazza fin dall'alba, quindi non corro rischio di essere importuna che a metà… e tant'è l'occasione di vederla non ho voluto lasciarmela scappare.

ADELE	(*tentando dissimulare la sua aria melanconica*). Madama, ella è stata troppo buona a rammentarsi di me, e questo solo mi dà torto… Ma vivo così ritirata!…
LUCREZIA	Io ho però la pretensione di rompere il suo ritiro. Che vuole? Ho l'ambizione di essere sua amica un po' più delle altre (*offrendole la mano*). Non vuole?
ADELE	Grazie! e di tutto cuore!
LUCREZIA	Veramente nella mia amicizia c'è un po' d'egoismo. Vede bene che non mi faccio migliore di quel che sono. Tutti quelli che mi stanno d'attorno sono talmente occupati di sé stessi o degli altri che quando non sono con mio marito mi sento più sola che mai… e la mia felicità si annoia a star sola! (*con grazia*).
ADELE	(*con triste sorriso*). Oh, ella le procura una ben triste compagnia!
LUCREZIA	Come? Non è felice anche lei? Che le manca? (*prendendole la mano*). Così bella!… Tutto deve sorriderle!…
ADELE	(*dissimulando la sua tristezza con un sorriso*). Mi manca un poco della sua felicità, madama!
LUCREZIA	(*con grazia*). Oh! Io non gliene do davvero! Ne sono avara!… Mi dicono ch'è così capricciosa la felicità!… È vero?
ADELE	(*con un sospiro*). È vero!
LUCREZIA	(*c.s.*). Ma io la tengo pei capelli… Paolo mi aiuta del suo meglio… e un angioletto di sei mesi stende dalla culla le sue manine per aiutarmi anche lui.
ADELE	Ella ha ragione di esserne gelosa della sua felicità… Perché è assai rara.
LUCREZIA	Non è vero che la mia è migliore di quella che tentano di darsi gli altri?… Perché certi legami quando non sono di rose son catene da galera.
ADELE	(*come colpita dolorosamente*). Ah!
LUCREZIA	Eh! La contessa e il cavalier Falconi lo sanno! Poverini! Si son messi la catena al collo senza avere la menoma stima l'uno per l'altro… prendendosi dal lato peggiore, quello del capriccio e della vanità… e ora si ingegnano di svincolarsene senza darvi uno strappo, senza fare una graffiatura all'epidermide del loro amor proprio, ch'è assai suscettibile… ciò ch'è difficile… è un vero inferno! Un inferno però mascherato di sorrisi e di parole gentili.

ADELE	Una tortura!
LUCREZIA	Non è vero? Inferno per inferno preferisco quello che regna tutti i giorni in casa di mia madre dacché ha sposato il commendator Gaudenti. Quelli lì almeno si sfogano in gridori ma non ci sono ipocrisie!
ADELE	Ah! il commendatore che sembrava così buono!...
LUCREZIA	Non lo è che a tavola. Del resto dacché è diventato il padrone dispotizza in casa, ma, poverino, la paga anche cara: giacché la mamma s'è fitta in capo di esser gelosa di lui!... Sì, sì proprio gelosa!... gelosa come potrei esserla io... come potrebbe esserla lei.
ADELE	(*con dignità*). Madama, io non ho il diritto di essere gelosa... poiché non ne ho l'occasione...
LUCREZIA	Oh!... Mi perdoni!... Non ho inteso...
ADELE	(*reprimendo un sospiro*). Ne son persuasa.
LUCREZIA	(*sorridendo* e *porgendole la guancia*). La prova.
ADELE	(*baciandola*). Ecco!
LUCREZIA	Alla buon'ora!... Ma che ha? Mio Dio!... Avrei avuto la disgrazia di rattristarla coi miei discorsi?...
ADELE	(*sorridendo tristamente*). Ohimè, signora! Si dice che nella vita non ci sia di vero e di duraturo che il dolore... ma, ad ogni modo la felicità dev'essere ben rara e ben fugace se tutti lo dicono!... Ella non ha raccontato che la storia di tutti i giorni, e di tutti... eccetto le rare eccezioni che, come lei, provano non essere un nome vano codesta felicità... ma bisogna saperla cercare...
LUCREZIA	Veramente io non ci ho avuto un gran merito. Me la son trovata fra i piedi... Ma adesso che l'ho trovata non me la faccio sfuggire.
ADELE	(*con interesse*). Come farà?
LUCREZIA	Amerò sempre mio marito.
ADELE	Non basta.
LUCREZIA	Egli mi amerà sempre.
ADELE	Sempre?
LUCREZIA	Sì, sempre! In un altro modo, ma sempre. Non sono la madre di suo figlia, la donna che porta il suo nome, l'altra metà della sua famiglia, la sua confidente, la sua amica?
ADELE	(*tristamente e sopra pensiero*). È vero!
LUCREZIA	Non saremo due amanti ma saremo la stessa persona. In confidenza, poi, io credo che amarli troppo si guastino codesti signori uomini. Bisogna tenerli a stecchetto, poiché sotto il pretesto di aver più testa di noi donne hanno meno cuore... non ne hanno che un briciolino così... e per giunta hanno il coraggio di fare i prodighi! i generosi... Diventano cattivi,

egoisti, ingiusti, stupidi...

ADELE (*c.s.*). Oh!, mio Dio! come tutto ciò è triste!

LUCREZIA Ma è vero.

ADELE (*c.s.*). Forse...

LUCREZIA Sì, egoisti, ingiusti e cattivi!... Arriverebbero ad odiarci perché noi li amiamo ancora quando essi non ci amano più!

ADELE (*vivamente e quasi con le lagrime agli occhi*). Oh! no!... non può essere! ... È orribile! Sarebbe un'infamia!

LUCREZIA Non abbiamo il diritto di chiamarla anche così perché essi hanno il privilegio dei grandi paroloni... Però quando si sa prenderli... codesti animali feroci che ci spezzerebbero il cuore senza un rimorso... non romperebbero un riccio di capelli con cui si saprebbe legarli mani e piedi... (*con un sorriso maligno*) Tutto sta a saperli legare!

ADELE (*amaramente e come rispondendo ad un intimo pensiero*). A che legarli... legare un cadavere!...

LUCREZIA (*c.s.*). Non un cadavere, ma un ladro!

ADELE (*vivamente e come colpita da quella parola*). Non è vero che è un furto, un'infamia, toglierci la pace del cuore, la riputazione, il sorriso, la fede, tutto quello che abbiamo di buono, tutto quello che abbiamo di santo?... Non è furto quando si sa che quell'amore in cambio di che ci lasciamo togliere tutto, non durerà sempre, non potrà darcelo che un giorno... dei mesi, degli anni... ma che non sarà per sempre?... Ma si sa questo?... Quando si dà il cuore si è così felice che si crede quella felicità debba essere eterna! (*con scoppio di amarezza*) Ah! gli amori eterni! Ci si crede ancora quando l'anima è sazia, stanca... Si ha bisogno di crederci per debito di lealtà e di coscienza!... Ahimè! quando l'amore è morto!... E allora accade qualche cosa di più straziante ancora... le ipocrisie dell'affetto, la menzogna del sorriso, i tentativi, le invocazioni di quell'amore che si cerca con baci disperati da labbra di ghiaccio!... Oh! Dio! Ma morire mille volte!... Ma fuggire, strapparsi dal petto il cuore, l'angoscia, anziché assistere a questo spettacolo!...

LUCREZIA Oh! mio Dio! com'è commossa!... ma che razza di discorsi andiamo facendo!...

ADELE È vero, sarà questo tempo orribile che mi dà sui nervi... (*suona*), che cattiva giornata... per i cacciatori!

SCENA IV

Giulietta e detti.

GIULIETTA	Signora?
ADELE	Fate entrare un po' d'aria. Si soffoca qui!... (*a Lucrezia sorridendo*). E questi benedetti nervi ci fanno dei brutti scherzi!... Come siamo matti e come siamo deboli!... che c'importa di tutti questi discorsi a lei ch'è così felice... e a me... che non ho di che lagnarmi?... (*a Giulietta*) Piove?
GIULIETTA	(*dopo aver aperta l'invetriata della terrazza*). A momenti sarà un diluvio! Ecco una carrozza con delle signore che scappa a tutta corsa per i primi goccioloni. Viene qui, ha passato il cancello.
ADELE	Delle signore!...
GIULIETTA	Mi sembra anche di averle riconosciute.
LUCREZIA	Saranno le nostre cacciatrici che son cacciate a lor volta dalla pioggia. Mia madre e la Contessa Baglini.
ADELE	(*imbarazzata*). Ah!... da me!... Veramente... sono lietissima... (*a Giulietta*). Andate a ricevere quelle signore. (*Giulietta via*).
LUCREZIA	(*affacciandosi inquieta alla terrazza*). Ma i signori cacciatori dove saranno con questo bel tempo?... È un vero finimondo! Glielo avevo pur detto a Paolo di rimandare codesta maledetta caccia ad un altro giorno... Ma nossignore! s'ha a fare il gradasso... anche a rischio di buscarsi una infreddatura e peggio!... Lui! un avvocato!... Mi vuol sentire il signor avvocato!

SCENA V

Giulietta, quindi la contessa Baglini e la signora Merelli.

GIULIETTA	La signora Merelli e la contessa Baglini.
CONTESSA	Cattiva! cattiva! signora cattiva! (*ad Adele*) È proprio il caso di dire: Ci volle un temporale!
SIG.RA MERELLI	(*con ironia e doppio senso ipocrita*). Madama, le domandiamo perdono se costretti dalla pioggia... E la prego di credere che senza questa ragione non avremmo osato... essere indiscreti...
ADELE	(*con dignità*). Nessuna indiscrezione, madama!
SIG.RA MERELLI	(*c.s.*) Chiamiamola importunità!... Sappiamo che non riceve nessuno... e...
ADELE	(*c.s.*). Gli amici sì! E son lieta di riceverla in casa mia.
SIG.RA MERELLI	(*a Lucrezia con significazione*). Ah! tu qui?

LUCREZIA	Fra il vostro antipatico divertimento e il piacere di rivedere un'amica... che non si degnava di farsi viva, non ho esitato.
CONTESSA	Come va? Sempre bella! Sempre adorabile!... Non la si vede più... è un vero ritiro... Ma però non si ha il diritto di essere egoisti a questo segno! Non è vero, signora Merelli?
SIG.RA MERELLI	(*con ipocrita reticenza*). Ma... secondo le circostanze!...
ADELE	Il mio egoismo è così innocuo...
CONTESSA	I suoi amici non la pensano così! Egoismo di felicità presente o egoismo di dolci memorie; qualche cosa ci deve essere per vivere così ritirata... Noi ce ne intendiamo!... noi che abbiamo avuto la nostra luna di miele... Ch'è passata.
SIG.RA MERELLI	Pur troppo!
ADELE	(*sforzandosi a sembrare gaia*). Ma non si direbbe nemmeno... alla sua aria... O c'è un crepuscolo di luna tramontata che somigli molto ad un'aurora.
CONTESSA	Crepuscoli! crepuscoli!... Eh! bisogna contentarsi di questi, tanto per non dare il gusto di vederci afflitte a quei nostri che hanno messo lo spegnitoio su quello straccio di luna. Oh! gli uomini!
SIG.RA MERELLI	Birboni! birboni e poi birboni! Non c'è da fidarsi nemmeno di... A momenti la dicevo proprio grossa!
LUCREZIA	Via! Via non li maltrattiamo tanto!... o almeno facciamo delle eccezioni.
SIG.RA MERELLI	A tuo beneficio?
LUCREZIA	Ebbene! sì! a mio beneficio!... Io so di chi fidarmi.
SIG.RA MERELLI	Se non è, te l'auguro... Ma sarà un miracolo.
CONTESSA	Non è un miracolo ma è una rarità: specie marito-filosofo, e per giunta avvocato; la legalità a braccetto dell'amore e della flemma, stavo per dire indifferenza, filosofica. Ma, mia cara, le rarità hanno il difetto di essere rare... e noi non siamo state fortunate.
ADELE	La fortuna è cieca: ecco perché s'è sbagliata (*con grazia alla contessa*).
CONTESSA	Ahimè! non ho neanche questa scusa... Non avrei avuto lo spirito di ravvisarla; mi fosse anche passata sotto gli occhi... (*con doppio senso ironico*) e non mi sono curata di lei! Colpa della società in cui viviamo. Siamo così capricciose, così leggere, così vane noi donne del nostro mondo! Non ci seduce che ciò che brilla... senza pensare che può anche essere orpello; e allorché ci diamo vinte bisogna che la reputazione d'irresistibile del vittorioso don Giovanni ci salvi dall'onta della sconfitta. Noi giochiamo ad un giuoco pericoloso; ecco perché ci tagliamo le mani con le stesse nostre armi. Don Giovanni si renderebbe ridicolo se divenisse un marito modello, e la prima ballerina ha il diritto di distrarlo.
SIG.RA MERELLI	(*vivamente*). Come! Come! Ah! vorrei vedere! Il diritto!... il diritto di distrarlo!... Ma io vorrei che il mio signor marito si provasse a metterlo

avanti cotesto diritto!

CONTESSA Oh, madonna... io non ho parlato del commendatore... quello lì è un uomo serio... un futuro senatore... e barone.

SIG.RA MERELLI Eh! so io!... so io di che è capace il signor senatore in erba... adesso che ne ha molti da spendere... e certe sguaiate corrono dietro i portafogli vigenti... E dovrei con i miei denari!... Ma io... sarei capace di fare un eccesso!...

CONTESSA Ma, cara mia, sarebbe fare troppo onore a certa classe di donne!... Noi non abbiamo il diritto di essere gelose che delle baronesse in un... (*come riprendendosi ad Adele*) Ah! perdono... madama!

ADELE (*con dignità, sorridendo*). Fortunatamente, signora, se non ho l'onore di essere una baronessa non ho neanche l'occasione di essere gelosa.

CONTESSA Oh! Fortunata lei!... Ma se le somigliassi non lo sarei nemmeno io!

SIG.RA MERELLI Grazioso quel diritto! Io non sono di manica così larga, io! Il meglio mi sembra né baronesse né ballerine.

CONTESSA Chi dice di no? Ma il meglio è nemico del bene. Che farci?

SIG.RA MERELLI Eh! so ben io! Sono un agnellino, sono una colomba, ma su questo particolare divento una tigre!

CONTESSA Peggio! Una donna in collera è così brutta!... E noi abbiamo bisogno di piacere!

LUCREZIA Il meglio si è di lasciare stare i Don Giovanni nei romanzi.

CONTESSA Ma come? Dacché i signori hanno messo i romanzi in pratica!... e ci rappresentano anche la loro parte, la parte peggiore, in fede mia! Giacché, bisogna convenirne, signore mie, i nostri Don Giovanni della buona società saranno fatui, saranno volubili, ci faranno arrabbiare di gelosia, ma noi li paghiamo di rimando colla stessa moneta... li castighiamo colle stesse debolezze... li rendiamo innamorati, gelosi, disperati... Essi ci adulano, ci corteggiano, strisciano ai nostri piedi, son capaci di un'infedeltà ma non di un abbandono. Ma quei signori poeti! (*marcatamente*) cuori di bolle di sapone, immaginazioni epilettiche, noiosi e annoiati!... che ci amano dall'alto, ci stimano meno dei loro versi, ci accarezzano per fare il solletico alla loro musa, ci parlano senza ascoltarci e ci chiudono la bocca con un bacio quando vogliamo mischiare qualche parola ai loro vaneggiamenti!... Oh, io non vorrei saperne!... Me li vedessi ai piedi esalarmi lo spirito in versi endecasillabi... Poiché essi sono pericolosi, quei signori!... Hanno le attrattive di ciò ch'è strano... e noi siamo così leggiere! Il loro fascino sta appunto nell'esaltare la nostra immaginazione... Noi arriviamo a crederli semidei... e questi semidei *cristophle* ci voltano le spalle e si avvolgono maestosamente, nelle loro nuvole di fisime!... Non è vero tutto ciò signora? (*alla Landi*).

ADELE (*con dignità*). Contessa, mi permetterà di trovare la sua domanda alquanto strana.

CONTESSA	(*affettando ingenuità*). Mio Dio! Me ne appello a lei perché è artista, e deve conoscere i poeti e avere in petto un po' del loro cuore… Ma sarà sempre cuore di donna e farà la nostra causa.
ADELE	(*con dignità e sorridendo con lieve ironia*). Ella ne ha parlato con tanta conoscenza che deve averli studiati assai meglio di me!
CONTESSA	(*ironica*), Sì, un poco. Ma da lontano e per curiosità.
ADELE	(*c.s.*). Sarà dunque quistione d'ottica. I semidei stanno così in alto!
CONTESSA	(*piano alla Merelli*). Insolente!
LUCREZIA	Avvocati vogliono essere, avvocati! e non don Giovanni, né poeti!
CONTESSA	Oh, se i don Giovanni a lungo andare non divenissero uggiosi!
SIG.RA MERELLI	Oppure se certi altri di mia conoscenza fossero meno scapestrati!
CONTESSA	Del resto, mie care, in confidenza possiamo dirlo: noi non abbiamo il diritto di sparlarne tanto di cotesti signori uomini… dacché non ci curiamo più di loro.
LUCREZIA	Oh! signora!…
CONTESSA	Mia cara Lucrezia non parlo per le spose la cui luna di miele dura degli anni. Quanto a me ne ho abbastanza della mia!… e per farla risorgere non muoverei un dito.

SCENA VI

Giulietta e detti.

GIULIETTA	I signori cacciatori!
CONTESSA	Oh! bravi! È il maltempo che ce li manda. Saranno bagnati fradici! Ci ho gusto!
LUCREZIA	Io no, davvero!
SIG.RA MERELLI	Che razza di gusti! Non ci mancherebbe altro che una buona malattia del mio signor marito adesso! Ne ho abbastanza di decotti, in fede mia!
LUCREZIA	(*al balcone*). Non piove più!
CONTESSA	Temporale d'estate! Ah, se le tempeste del cuore durassero così poco!

SCENA VII

Alberto, Paolo, il commendatore Gaudenti, il cavalier Falconi e detti.

CONTESSA — Oh! Oh! Signori!… eccovi qui!… come è andata? Che cera scontenta… sant'Uberto non è stato propizio.

FALCONI — Al contrario! Ci procura una sì bella fortuna!… (*inchinandosi ad Adele con galanteria*), che saremmo assai ingrati se ci lamentassimo.

ADELE — (*alla contessa*). Il cavaliere è più galante che mai! Gliene faccio i miei complimenti…

CONTESSA — Non li merito davvero… e non vorrei assumerne la responsabilità.

FALCONI — (*alla contessa*). Ah! mia cara! Come il matrimonio vi ha reso caustica! (*volgendosi ad Adele*) Spero almeno che madama sia più indulgente di voi… son davvero felice… ringrazio la fortuna che mi ha procurato il piacere… l'onore… di presentarle i miei umili omaggi.

ADELE — (*ironica*). Signore!…

CONTESSA — Oh! Signor Giliotti!…. che viso scuro!… dev'essere assai contrariato della cattiva riuscita della caccia!… (*con malizia*).

ALBERTO — No, contessa… Non sono più cacciatore degli altri.

PAOLO — Eppure vai a caccia più spesso degli altri!

LUCREZIA — Tutti i giorni! E il mio signor marito s'ingegna d'imitarlo!

CONTESSA — (*con ironia e doppio senso*). Eh! peggio! Ardore di novizio… o uomo annoiato che ha bisogno di distrarsi (*sogguardando Adele con malizia*).

ADELE — (*reprimendo un sospiro*). Ah!

ALBERTO — (*sforzandosi di sembrare allegro, con galanteria, ma imbarazzato*). Ma, contessa, io avrei torto a cercare altre distrazioni, quando sono in così bella compagnia!

CONTESSA — (*c.s.*). Grazie!… e per tutti! (*prendendo Adele per la mano e Lucrezia per l'altra*) Adesso siamo sicuri che quei gentili cavalieri non ci lasceranno più sole!… e anche lei, signor poeta, ci farà il sacrificio di Sant'Uberto, tanto più che gli ha procurato l'occasione di rivedere la nostra eccellente amica che si nascondeva… cattiva!

ALBERTO — (*imbarazzatissimo*). Oh!… contessa.

CONTESSA — (*passando accanto alla Merelli, sottovoce*). L'ha visto com'è imbarazzato! Non sa che dire!

SIG.RA MERELLI — (*c.s.*) Eh! via, fingiamo di non saper nulla! Come me la godo a metterli in imbarazzo tutt'e due!… Quella superba che crede tutti gli uomini debbano andare pazzi per lei!

GAUDENTI — Però Sant'Uberto non mi coglie più! Bel divertimento, in fede mia! Un

65

diavolo d'acquazzone! Romperci il collo correndo di su e di giù inutilmente! una magnifica colazione perduta e doverci contentare in cambio di una frittata di uova, in una cattiva osteria ove ci affumicarono come salami sotto il pretesto di far asciugare i nostri vestiti!... Ne ho abbastanza di Sant'Uberto, in parola d'onore!

SIG.RA MERELLI Ci ho gusto! Ci ho proprio gusto! Se mi aveste dato retta avreste avuto la vostra buona colazione, le vostre brave pantofole accanto al fuoco...

GAUDENTI Al diavolo le vostre pantofole! Se vi dessi retta dovrei passarci la vita in quelle maledette pantofole!

SIG.RA MERELLI Eh! sappiamo come vorreste passarla la vostra vita! (*piano*)... a fare il rompicollo, a fare lo scapestrato, il donnaiuolo!... E queste cacce non sono altro che un pretesto per correr dietro alle contadine... Vergognatevi.

GAUDENTI (*piano*). Ma cara, vi avverto che quando ho fatto una cattiva colazione di uova... non sono molto paziente!...

SIG.RA MERELLI (*c.s.*). Ah! Signore!... e perché vi mostrate così paziente... allora!... Se avessi potuto prevedere!...

GAUDENTI (*c.s.*).Ah! Se avessi previsto anch'io!...

ADELE Commendatore, la sua sposa era così inquieta per lei che bisogna esserle grato della premura...

GAUDENTI Eh! Le conosco codeste premure!... purtroppo!

SIG.RA MERELLI (*piano a Lucrezia*). Se non fossimo qui vorrei fare una scena!

LUCREZIA (*indicando Paolo*). Ecco invece un signore che di tali premure non ne ha per la sua signora moglie!... Non mi ha neppure domandato dove mi cogliesse il temporale!

PAOLO Perdonami, mia cara. Ti avevo lasciato in compagnia di madama e della contessa e vedi bene non avrei potuto essere inquieto.

LUCREZIA Ma io avevo cambiato idea e non ero andata con quelle signore.

PAOLO (*sorridendo*). In tal caso non avrei potuto essere inquieto per quel che ignoravo.

LUCREZIA Già! Non si è avvocati per nulla! Trova risposta a tutto, lei!

CONTESSA La signora Lucrezia è stata assai meglio di noi, ed ha fatto miglior caccia... (*ad Adele con adulazione ironica*). La migliore e la più bella delle amiche! E pensare che siamo passate cento volte dinanzi a questo villino che ce la nascondeva senza sospettare altra cosa se non che fosse un nido d'amore!... (*con doppio senso*). Eppure se avessimo avuto un po' più di immaginativa avremmo dovuto sospettarlo... ché il nido era degno di lei! (*ad Adele con accento lusinghiero ma con malizia*) La colpa è tutta sua, signor Giliotti!

ALBERTO Mia?

CONTESSA	Sì; ella poeta avrebbe dovuto indovinarlo prima di noi!
ALBERTO	(*imbarazzatissimo*). Ma io, contessa…
ADELE	(*reprimendo un sospiro pel contegno di Alberto*). Ah!… (*alla contessa con un sorriso forzato*) Il signor Giliotti avrà voluto rispettare il mistero dell'incognito.
CONTESSA	(*con malizia*). Ah! Signor Poeta!… Non ci sono che le donne per togliere d'imbarazzo, così alla lesta, gli uomini di spirito!
ALBERTO	(*ad Adele imbarazzatissimo*). Grazie, madama…
CONTESSA	(*piano alla Merelli*). Come mi diverto!
SIG.RA MERELLI	(*c.s.*). È un'immoralità!
PAOLO	Vuol dire che quel cervellino di mia moglie ha avuto il torto di non badarci a questo mistero! E tocca a me fargliene le scuse.
CONTESSA	E ha fatto bene!
ADELE	(*con forzata allegria*). E ha fatto bene, perché il mistero non esisteva… che come immagine poetica.
CONTESSA	(*ad Alberto, scherzando ma con malizia*). Questo è un modo di farle la corte; signor poeta!
LUCREZIA	Ed ho fatto bene, perché così eccoci riuniti tutti amici e amiche!
FALCONI	Si torna ai bei tempi di Livorno!
LUCREZIA	Oh! i tempi felici! Quando il cavaliere scriveva dei proverbi!
CONTESSA	E non ne faceva!
FALCONI	Oh, quanto a farne domando perdono che ne facciamo un po' tutti… almeno di quelli colle spine!
SIG.RA MERELLI	Certi proverbi sembrano una predizione: "Le rose cascano e le spine rimangono"… e che spine!
GAUDENTI	Rovi addirittura!
LUCREZIA	Cioè ne facciamo tutti?… Tutti poi no!
FALCONI	Intendo dire tutti quelli cui, cadute le rose non sono rimaste che le spine.
CONTESSA	(*ad Adele*). Ecco la galanteria del cavaliere mio marito… Non avevo dunque torto a lasciargliene tutto il merito!
FALCONI	Ma s'intende benissimo che parlando di spine io non alludo a quelle del nostro matrimonio… non voglio parlare delle vostre… insomma è chiaro come la luce del sole che voi, mia bella, mi avete provato il rovescio del proverbio, cioè che le rose rimangono, e quelle che se ne vanno sono le spine… se mai ce ne furono.
CONTESSA	(*salutandolo con caricatura*), Tutto merito suo cavaliere! Ecco una galanteria pungente.
ADELE	Com'è severa, contessa!

CONTESSA	Chiamiamola dunque senza sale. Via via, perdonatemi, amico mio. Voi sapete che non ci sono grandi uomini pel cameriere, né uomini di spirito per la moglie... Del resto bisogna ammettere che il verme sia proprio nelle rose... se ne vediamo tante avvizzite, e quelle che sembravano più belle!... Di chi la colpa? Certe illusioni bisogna guardarle ad una certa distanza (*piano al cavaliere come facendosi vento col ventaglio*). Ecco perché quando ci siamo visti davvicino ci abbiamo perduto tutt'e due.
FALCONI	(*piano con affettata galanteria*). Io! Io solo!... Ve lo giuro!
CONTESSA	(*c.s.*). Quanto a me non posso disdirvi. Ma rassegnatevi... Il nostro capriccio non fu mai una tempesta del cuore. (*forte*) E anche gli uragani voi avete visto come finiscono! (*additando il tempo che si è rasserenato, ma con malizia alludendo ad Adele e Alberto e accennandoli anche*).
PAOLO	Col far più bello il sereno.
LUCREZIA	Io preferisco il sereno senza l'uragano.
SIG.RA MERELLI	Ed io preferisco l'uragano a certe acque chete!...
GAUDENTI	Ed io preferisco la frittata di stamattina tutti i giorni anziché certi temporali che mandano i bocconi per traverso!
ADELE	Oh, signori, preferiamo il sereno ch'è bello!
CONTESSA	Ma suol durare tanto poco!
LUCREZIA	Oh! no!
SIG.RA MERELLI	È vero!
GAUDENTI	Pur troppo!
ADELE	(*con un sospiro*). Forse!...
CONTESSA	Felice lei che ne dubita! Ma noi!... Non ha sentito che si parlava di spine?... Sarà una fatalità; rassegniamoci! Perché dura così poco? Chi lo sa?... Stanchezza forse, caducità, impoverimento di cuore... Quanto dura?... Delle volte la durata di un sogno! Quando tramonta? Chi può conoscerlo?... Un sorriso freddo, una parola distratta, un gesto stentato... una mancanza di delicatezza... È sogno e sfuma del pari. Ah! Le grandi riflessioni morali che potrebbero farsi sulla durata di certe felicità!... Non andate in collera, Lucrezia, la vostra è eccezionale...
PAOLO	Perché è la vera legittima.
CONTESSA	(*ironica*). Oh! il codice!
PAOLO	Eppure bisogna crederci... a quello della famiglia almeno!
CONTESSA	(*comicamente ma con significazione*). Ma lei ci vuol mettere fuori della legge?...
PAOLO	(*ironico ma con malizia*). Ma non ho parlato del codice che condanna alla galera!
ADELE	(*con gaiezza forzata ma profonda amarezza*). Oh, non ci crediamo,

signore mie! Non crediamo a quel che ha detto la contessa! È uno spiritoso pessimismo, ma fa male al cuore! Meglio ingenui che scettici! ... credere al cuore, a qualche cosa di vero, di profondo, di santo, che non si consuma, che non avvizzisce, che non muore!

CONTESSA   Pure è nato! Le rose cascano! La caducità è una legge!

ADELE   No, non può essere! (*con entusiasmo*). Quando si guardano le stelle, quando si respira l'aria del mattino, quando si è felici si deve sentire la presenza di qualche cosa che non può essere caduca, che non può morire! ... Ebbene, c'è anche qualche cosa di più ineffabile di un'alba, di più sublime di una notte stellata, di più inebriante della felicità, qualche cosa che non può avere la durata di un delirio... o di una rosa!...

CONTESSA   Poesia! Sublime poesia!... (*volgendosi ad Alberto*) Eppure un poeta innamorato... delle stelle, dell'alba e della campagna potrebbe dirci quanto durerà la sua nuova passione... per la caccia!... Ah! Il mio scetticismo è inguaribile, madama! Io non credo alla durata del sereno!

ADELE   (*con tinta d'amarezza e d'ironia*). Procuriamo piuttosto che il mondo non ce l'invidi!

LUCREZIA   Non me ne curo!

SIG.RA MERELLI   Io sì! È quasi una iettatura!

CONTESSA   (*con sarcasmo*). È invidia e qualche volta un omaggio... forse un'adulazione!...

ADELE   (*con sarcasmo*). Mi congratulo con lei che non l'ha visto nella sua più turpe manifestazione: quando avvelena, perseguita, calunnia ed accarezza!... quando morde sorridendo e soffoca in un abbraccio!

CONTESSA   (*con sarcasmo*). Oh, la calunnia poi!... Anzitutto io non credo alla calunnia che nel "Barbiere di Siviglia"... e son certa che nulla s'inventi nell'assolutamente falso. Ci potrà essere esagerazione, ma non si dica calunnia! Non si dia appicco all'esagerazione... ecco tutto! (*con raddoppiamento di sarcasmo*). Si faccia un po' quello che fanno gli altri e soprattutto si rispettino le apparenze... Ecco il segreto!

ADELE   (*quasi fuori di sé dall'amarezza e dal dispetto, vivamente*). Segreto da gesuiti! No! No! Mille volte! Calunniati sì, ma ipocriti no! (*suona*). Vogliamo prendere il caffè sulla terrazza? Di lì possiamo scendere in giardino. Il tempo si è fatto bello! (a *Giulietta*) Fateci servire il caffè sulla terrazza. (*Giulietta apre le invetriate e via*).

LUCREZIA   (*correndo al balcone*). Che bella giornata!

CONTESSA   (*piano alla Merelli avviandosi*). L'ho punta sul più vivo e il veleno le schizza dagli occhi.

SIG.RA MERELLI   (*piano*). Oh! Che scandalo! Che immoralità! (*forte al commendatore*) Caro lei! Ha sentito che si va in giardino?

GAUDENTI   Ho sentito. Si accomodi.

LUCREZIA	(*dalla terrazza a Paolo*). E così? Ci lasciano andar sole! Che cavalieri!
PAOLO	(*prendendo il braccio del Gaudenti*). Andiamo, via Commendatore. Bisogna compatirla quella povera donna!
GAUDENTI	(*seguendolo*). Nessuno però ha compassione di me!… Ma un giorno o l'altro faccio uno sproposito! Parola d'onore che faccio uno sproposito! (*via*).

(*Le invetriate della terrazza si rinchiudono*).

SCENA VIII

Alberto e Adele.

ADELE	(*commossa e vivamente*). Restate, Alberto!
ALBERTO	Che avete, Adele?…
ADELE	(*quasi smarrita*). Nulla… non lo so… Ho bisogno di parlarti… Ho bisogno di vederti…
ALBERTO	Ma che avete, Dio mio?!
ADELE	(*desolata*). Oh! Non lo so!… (*riprendendosi*). Non lo vedi?… Questo cattivo tempo, questa pioggia, queste nuvole… mi danno ai nervi… mi irritano… mi fanno male… Dimmi… (*vivamente*). Quando partiremo?
ALBERTO	Perché questa domanda?
ADELE	Non me lo domandare… Non saprei dirlo… Ho bisogno di muovermi, ho bisogno di fare qualche cosa, ho bisogno di non pensare… ho bisogno di parlare con te… dell'avvenire… del nostro avvenire! Dimmi. Vuoi che andiamo a Firenze?… Vuoi che andiamo a Milano?… (*con impeto scuotendogli le mani*). Ma dilla qualche cosa!
ALBERTO	Vi giuro che non vi comprendo…
ADELE	Ah!
ALBERTO	Voi che amate tanto la campagna!… Questo desiderio così improvviso e così forte…
ADELE	Ma non vedi?… (*riprendendosi*). Non vedi com'è triste… come piange… com'è orrida cotesta campagna!… E poi… Non puoi mica vivere sempre a questo modo tu… Non sono egoista, ti giuro! Bisogna che tu ti diverta…
ALBERTO	(*pensieroso*). E che io pensi al mio avvenire…
ADELE	(*amaramente*). Lo vedi. Non puoi seppellirti vivo in fondo ad una campagna, accanto ad una povera donna che non può darti altro che tutto

il suo amore... Ma lo so... la tua gioventù... la tua vita... ha altre esigenze... altri bisogni... Non ci hai pensato tu?

ALBERTO ... Ma... sì... da qualche tempo...

ADELE E non me ne hai detto nulla?...

ALBERTO Temevo di rattristarvi!

ADELE Ah! Temevi d'attristarmi!... Dunque c'è qualche cosa di doloroso?...

ALBERTO Mio Dio... Nulla di doloroso... Ma vi sapevo talmente assorbita dal nostro amore... che non avrei osato distorgliervene per farvi riflettere alle volgari ma imperiose esigenze della vita.

ADELE Un tempo non ci pensavi neanche tu!...

ALBERTO (*imbarazzato*). È vero... Ma...

ADELE (*vivamente come se temesse la risposta di lui*). Oh, io avrò torto!... Vivo nelle nuvole!... Voi siete più ragionevole di me; ma vi prometto di essere ragionevole anch'io... (*con un triste sorriso*) per quanto lo potrò!... Oh, lo so bene... Non si può pretendere... bisogna che viviate anche voi come tutti gli altri... Andrete in società... ai teatri... ai balli...

ALBERTO E voi?

ADELE (*sorridendo fra le lagrime*). Mi basterà sapervi felice!

ALBERTO Come siete buona, Adele!

ADELE (*con confidente abbandono*). Tu sei bello, sei giovane, hai ingegno... tutte le donne ti adoreranno... e se t'innamorassi di qualche altra donna? ...

ALBERTO (*con aria di stanchezza quasi amara*). Io!... Oh!...

ADELE Ipocrita!

ALBERTO (*c.s.*). Non è un complimento che voglio farvi... (*con abbattimento*) Ma vi giuro ch'è impossibile!...

ADELE (*con amarissimo scherzo*). La contessa la chiamerebbe stanchezza di cuore!...

ALBERTO (*c.s. e freddamente*). Oh... non per voi.

ADELE (*reprimendo un sospiro*). Ah!... (*con civetteria prendendogli le mani*). Mi ami?

ALBERTO Sì

ADELE Molto?

ALBERTO Molto.

ADELE Son bella?

ALBERTO Bellissima.

ADELE E se m'innamorassi di un altro?

ALBERTO	Voi!…
ADELE	Sì… se ti lasciassi?… (*con impeto*). Ma, guardami in viso e dimmi che faresti se io ti lasciassi?
ALBERTO	Ma… cara mia… certe domande…
ADELE	(*vivamente e con improvvisa ispirazione scuotendogli le mani*). Dimmi, Alberto!… Ci credi tu a quello che ha detto la contessa?… Ci credi tu che l'amore si spenga, che il cuore si stanchi, che la febbre si estingua?… Ci credi?
ALBERTO	No!… Non voglio crederci!…
ADELE	Ah! Non vuoi!… Dunque ci credi! Non negare! Ci credi! Il dubbio è nella mente, ma la morte nel cuore!… Ah!
ALBERTO	Calmatevi, Adele… Che penseranno quelle signore!…
ADELE	(*vivamente*). Ah!… Quelle signore!… È vero!… potrebbero credere… e ciò vi dispiace!…
ALBERTO	(*imbarazzato*). A me?… Oh, no!… È per voi che…
ADELE	(*c.s.*). Che m'importa a me!… Che m'importa di loro, di quello che supporranno, di quello che sanno… se ho la morte nell'anima!
ALBERTO	Che vi ho fatto? Dio mio! Ditemi che vi ho fatto?…
ADELE	Nulla!… Tu non lo vedi ed io non saprei dirtelo… Anche pochi momenti vi sono… mentre quella donna… quella contessa parlava… tu non hai inteso nulla tu!…
ALBERTO	Ma che cosa?…
ADELE	E me lo domandate?… È inutile giacché il vostro cuore non ve l'ha detto! Quella donna mi ha abbeverato di fiele, di vergogna, mi ha coperto di allusioni oltraggiose, di motteggi, di insulti, e voi non avete visto! Non avete udito!… Non avete avuto né cuore, né intelligenza, né pietà. (*con uno scoppio d'amarezza*) Come siete diventato adunque, Alberto!
ALBERTO	Mio Dio, Adele, come esagerate! Ma siete certa che alludesse a voi, che si mirasse ad oltraggiarvi? Che vi hanno detto infine?
ADELE	Che m'hanno detto? Nulla! Voi non avete udito nulla!… Voi che avete tanto ingegno!… Ho sofferto?… No!… Voi non ve ne siete accorto!… Voi che leggevate nei miei occhi tutta l'anima mia!
ALBERTO	Ma che cosa avrei dovuto fare, ditelo? Avrei dovuto fare una scena?
ADELE	(*amaramente*). Con qual diritto? Fingeste di conoscermi appena!
ALBERTO	Ah! Avrei dovuto autorizzare quei sospetti? Confessare quello che ancora è un dubbio?
ADELE	(*c.s.*). Voi avete il pudore della colpa, voi!
ALBERTO	Ma infine avrei dovuto calpestare tutte le convenienze, mettermi sotto i piedi le apparenze che devo salvare… almeno per voi…

ADELE	(*con un grido*). Ah!… (*con abbattimento*) Voi non avreste dovuto giammai dirmi questo!
ALBERTO	Mio Dio che vi ho detto?
ADELE	E non te ne avvedi nemmeno!
ALBERTO	(*disperato*). Oh, no! no!… Dio mio!… Ho la testa in fiamme!
ADELE	Non mi capisci più, l'hai detto! Non puoi vedere come insieme al tuo affetto si estingua la tua intelligenza, la squisita percezione dell'anima tua, quella qualche cosa che faceva battere il mio cuore nel tuo!… Tu non puoi vedere ciò!… Meglio per te!… Avresti paura!… Io ho paura… Tu sei spaventoso!
ALBERTO	Oh, Adele!… Ma non vi basta!… Oh, quanto sono infelice!…
ADELE	Infelice! E perché sei infelice?…
ALBERTO	Non lo so… Non lo so… Non me lo domandate!…
ADELE	Io lo so!… perché io ti leggo in cuore! perché io ti amo!… Tu sei un cuore nobile… ma all'amore non si comanda… e tu non mi ami più!… Ti giuro che se potessi strapparmi il cuore per nasconderti le mie lagrime io lo farei…
ALBERTO	Oh…
ADELE	(*vivamente mettendogli una mano sulla bocca*). Non mentire!… Non ti avvilire. Voglio amarti ancora… e ho bisogno di stimarti sempre! Tu mi fai un'immensa pietà! Delle volte ti guardo come trasognata… come per accertarmi che sei tu… proprio tu… il mio amore, il mio Alberto! che mi amava a quel modo!… come mi spaventavo a sentirmi amata perché sembravami che cotesto miracolo non potesse durare eterno!… Oh, bisogna che qualche cosa siasi guastata nel mio cervello… Non ti riconosco più! Ma dimmi che sono malata, che son folle… Sorridimi! Oh, Dio! Se fossi folle davvero!… Se tu mi amassi sempre come allora! … Perché, vedi, Alberto mio!… io non mi lagno di nulla! io non soffro di nulla!… che m'importa di quella donna, della società, dei loro insulti, del loro scherno, dell'obbrobrio del mondo?… Che m'importa?… Non lo sapevo?… Non l'ho accettato per te? Perché… vedi… adesso non mi resta più che il tuo amore… e bisogna che io sia amata sempre allo stesso modo da te!… Mi hai avvezzata male!… Che vuoi? Colpa tua! (*sorridendo fra le lagrime*) Ecco perché quando penso che il tuo amore abbia a diminuire mi par di perdere la ragione!… Ma io son matta!… (*prendendogli le mani*) Non è vero che son matta?
ALBERTO	(*triste e con freddezza*). Perché questi pensieri adunque?
ADELE	Non lo so… Non lo so… Dio mio!… Ci pensi tu? (*vivamente*)
ALBERTO	Io… no…
ADELE	(*dopo averlo fissato con espressione penetrante mettendogli la mano sugli occhi*). No! Non voglio vederti! Ho bisogno di crederti!… (*scoppiando in singhiozzi*). Se tu ti vedessi, Alberto!… Se tu ti vedessi

tanto cambiato!… (*pausa*) Oh, perdonami! Ho torto… ma quel dubbio è più forte di me!… Sarà forse il fascino del male!… Ma è un pensiero orribile! Non so come sia venuto… e perché… ma è anche un brutto segno il pensarci sopra!… Sono malata… è vero… Son matta… Non ridere di me, cattivo! Non ti rattristare… Non mi dar retta… ho torto! Di che temo? Il tuo amore… tutto ciò che mi abbisogna, non l'ho… mio!… tutto mio! Non è vero?… ardente, cieco, pazzo??? Come allora… come sempre!… Non è vero?… (*con ansia crescente*) Dammi la tua mano!… guardami negli occhi!… Non è vero che il tuo amore è sempre lo stesso? … sempre?… sempre?… Non è vero?… (*colla voce piena di lagrime con terrore*) Ma che hai, mio Dio!?

ALBERTO	Che vi ho fatto perché dobbiate dubitarne adesso? (*imbarazzato*).
ADELE	(*con uno scoppio di amarezza e di passione*). Ma no! Non è così che si risponde, signore!… (*singhiozzando*) Voi non mi rispondevate così!
ALBERTO	Ditemi che volete, Dio mio! (*nel massimo abbattimento della tristezza*)
ADELE	Nulla! Voi non potete darmi più nulla! Non avete cuore… non sapete neanche mentire!… non sapete ingannarmi quando ho bisogno di essere ingannata!
ALBERTO	Adele!
ADELE	Se ti vedessi! Se vedessi il tuo sorriso freddo, le tue parole che ti tremano sul labbro, i tuoi occhi senza febbre! Se tu vedessi la stanchezza, lo sfinimento del tuo cuore! Se comprendessi quello che vuol dire il non avere più bisogno di starmi accanto ad ogni istante, il cercare gli svaghi, il pensare alle convenienze, all'avvenire!… il pensare a qualche cosa… aver bisogno di qualche cosa che non sia me, me sola!
ALBERTO	Mio Dio, Adele! Non si possono far sempre delle pazzie!
ADELE	Ah! Eccola che l'hai detta l'orribile parola! Ma non capisci che se avessi ragionato io non ti avrei mai amato! Ma non capisci che quando tu ragionerai sarà tutto finito!… L'amore, la felicità, la… Decisamente, signore, voi non avete cuore!
ALBERTO	(*abbattuto*). Ah! se vedeste il mio vi farebbe pietà!
ADELE	Pietà?… No! per l'anima mia!… M'indispettisce! Mi irrita!… Mi mette addosso tutte le furie!
ALBERTO	Adele! voi siete ingiusta, assai ingiusta verso di me! Quale è la mia colpa?… Quale è il mio torto? Che posso farci se il vostro cuore è migliore del mio! se esso e sempre giovane, e più ardente, più entusiasta che mai.
ADELE	Mentre il vostro!…
ALBERTO	Ah! vorrei morire! (*con l'abbattimento del disperato*).
ADELE	È il vostro cuore che se ne muore?
ALBERTO	Quale esso sia non è sempre vostro?

ADELE	(*con la morte nel cuore*). Che m'importa?… se è cadavere!… Se non mi ama più…
ALBERTO	Oh, no.
ADELE	(*quasi fuori di sé*). Non mi ama più!… Non voglio compassione, signore! … Non voglio amicizia! Non voglio i palliativi dell'indifferenza!… Non voglio gli avanzi del vostro amore!… Sì, sono stanca di voi! sono stanca delle vostre ipocrisie! sono stanca di quest'elemosina di pietà che mi fate! Voglio essere amata! Sono bella! Lo so! Non so che farmene di voi, cuore decrepito!…
ALBERTO	Signora… questo è un congedo!…
ADELE	(*c.s.*). Prendetevelo!

SCENA IX

Il cavalier Falconi dalla terrazza e detti.

ALBERTO	(*sul divano col viso fra le mani*).
FALCONI	Signora!… Ma senza di lei il caffè è stato amaro!… la conversazione languisce… c'è il vuoto. Io vengo a reclamare…
ADELE	(*vivamente*). Cavaliere, ci credete voi agli amori eterni?
FALCONI	(*un momento sconcertato*). Eh?… Se credo agli amori eterni io!… Mi domanda se ci credo!… Ma ci scommetto sopra io!…
ADELE	Eppure la contessa non dice lo stesso.
FALCONI	Ma veda… la contessa… quello è un altro paio di maniche!… Non è propriamente che non… Ma la contessa… capisce bene?… Lì c'è il lenitivo del sagramento… il matrimonio è un cataplasma, un narcotico, un calmante… E per amore come l'intendo io occorre invece qualche cosa di pizzicante, occorre la salsa del frutto proibito… (*sogguardando Alberto e come lasciandosi andare ad una provocazione*)… Occorre il fascino della colpa!… il fascino, checché si dica!… Oh, e ci credo!… Ma io capisco il delitto! il mostruoso! l'impossibile!
ADELE	(*quasi fuori di sé*). Anch'io ci credo! Ho bisogno di crederci! Voglio crederci!
FALCONI	E fa benissimo! Che cosa esiste nel mondo all'infuori dell'amore?… e l'amore perché sia il dio del mondo bisogna che sia eterno… bisogna che sia senza limiti!… bisogna che sia onnipotente!
ADELE	Sì, è vero! Lo sento anch'io… (*guardando con immensa amarezza Alberto*), perché ho ancora del cuore!… Ma voialtri uomini!… egoisti,

pusillanimi, meschini! poveri di cuore e di spirito... che potreste voi fare per mostrarmi che abbiate in petto qualche cosa anche voi?

FALCONI Un delitto... o un miracolo!

ADELE Miracoli che durano un giorno!...

FALCONI (*con galanteria ma sempre guardando con sospetto Alberto*). Ah! Madama quando si è bella come voi si ha torto a pensare così!

ADELE (*amaramente*). Oh! mi si era pur detto così!

FALCONI (*sottovoce*). Se non ci fossero tanti testimoni!... Veda... per una sola parola della donna che... so io... Ma io farei stupire il mondo!...

ADELE (*con amara energia*). Non avete dunque paura dei giudizi del mondo voi?

FALCONI Me ne impipo del mondo!

ADELE (*c.s.*). Della gelosia di vostra moglie?

FALCONI Si accomodi... Non mi sono mostrato altrettanto esigente io!

ADELE (*c.s.*). La rompereste con la famiglia, col dovere, coll'onore?...

FALCONI Senza pensarci.

ADELE (*dandogli la mano*). Voi avete cuore, voi!... ed io non me ne ero accorta! ...

FALCONI (*dopo aver sogguardato di nuovo Alberto come decidendosi*). Ah!... accada quel che può... Voi siete adorabile!

ALBERTO (*si alza dopo aver guardato Adele con compassione e parte dalla sinistra*).

ADELE (*con un grido*). Ah!... Non è neppur geloso!

FALCONI Ma sarei un Otello (*credendo che quell'esclamazione gli fosse diretta*).

ADELE Non mi ama più dunque!

FALCONI (*con calore*). Ma io vi adoro. Ma io vi ho amato da anni... Volete che io vi segua in capo al mondo per provarvelo!

ADELE Che m'importa di voi?! Andatevene! Non vedete che non mi ama più! Non vedete che son pazza!... Non vedete che deliro!...

FALCONI Ma, signora...

ADELE Andatevene! Andatevene!

FALCONI (*sorpreso e sconcertato*). Che vuol dire ciò?... Diavolo! Diavolo!... (*via dalla terrazza*).

SCENA X

Adele; indi la contessa Baglini.

ADELE	Non mi ama più! Non mi ama più! Oh! quell'uomo!… Dio mio!
CONTESSA	Che cosa è accaduto? Che cosa hai?… Quel povero cavaliere è tutto sottosopra!
ADELE	(*come delirante*). Ho che ho l'inferno nel cuore! Ho che ho l'anima rotta! … Ho che sono gelosa!
CONTESSA	Gelosa!
ADELE	Sì! che m'importa?… Ridetene!… Non ho più riguardi! Non temo più nulla!… Non ho più nulla da nascondere! Non ho più nulla da perdere! Ho la morte nel cuore!
CONTESSA	(*con maligna ed interessata curiosità*). Ma gelosa di chi?
ADELE	(*c.s.*). Non lo so!… Di nulla! Di tutto!… del tempo che scorre! dell'amore che langue!… del sorriso che muore!… della parola che non trova l'accento del cuore!… del cielo ch'è bello e distrae i suoi occhi dai miei! … della vita che ha altri bisogni oltre quello di amarmi!… Del mondo intero! dell'allegria! del dolore! degli amici! delle donne!… (*come per subitanea ispirazione*), di voi!
CONTESSA	(*senza dissimulare un movimento di trionfo*). Di me!
ADELE	(*c.s.*). Sì! di voi!… Quell'uomo!… quell'uomo che mi adorava in delirio! … quell'uomo ch'era tutto il mio cuore… non mi ama più!… Ama voi!
CONTESSA	(*c.s.*). Me!… Alberto!
ADELE	(*c.s.*). Sì! Lui!… Interrogatelo!… Io fuggirò da questa casa maledetta! Fuggirò da lui! da voi!… da tutti che odio! che maledico! (*via dalla destra*).
CONTESSA	(*trionfante*). Ah! Finalmente!

SCENA XI

Il cavaliere Falconi e detta.

FALCONI	Ma, cara mia, sapreste spiegarmi questa sciarada che si chiama signora Landi? Che è accaduto? Che cosa vi ha detto?… Dev'esserci stato qualche cosa di grosso… Mi pare di ammattire anch'io!
CONTESSA	Amico mio, fatemi il piacere di chiamarmi il signor Giliotti.

FALCONI	Eh?
CONTESSA	Ho da dirgli qualche cosa.
FALCONI	Da parte della signora Adele forse?... Ma, cara mia, che figura vi fanno fare!... e che figura volete che faccia io!...
CONTESSA	Di quella che ci fate voi m'importa... Quanto a me ci penso io.
FALCONI	Eh!... Grazie!... Ma mi pare, perbacco! che io abbia il diritto!...
CONTESSA	Non avete il diritto di immischiarvi in quello che non vi riguarda.
FALCONI	Che non mi riguarda!... Corpo di!... Questa è grossa!...
CONTESSA	A meno che non vogliate rappresentarmi la ridicola parte del marito geloso.
FALCONI	Ma no!... al contrario!... Mi rispetto troppo per essere... Ma capite bene... che la parte d'intermediaria fra due amanti... non è molto lusinghiera... alla vostra età e colla vostra bellezza!... Che diavolo!... rispettatevi per me almeno!
CONTESSA	Vuol dire che lo chiamerò io!...
FALCONI	Vado io! giacché siete risoluta vado io!... è il meno male!... salverò le apparenze almeno!... Ma poi mi spiegherete... (*aprendo l'invetriata della terrazza*) Signor Alberto! Signor Alberto!... C'è qui la contessa mia moglie che dovrebbe dirle qualche cosa... so di che si tratta... spero che andrete d'accordo.

SCENA XII

Alberto e detti.

ALBERTO	Contessa?
CONTESSA	(*al cavaliere*). Ebbene?
FALCONI	Ebbene?
CONTESSA	Ma capite che dovendo parlare da sola al signore...
FALCONI	Capisco! Capisco benissimo!... Giacché volete dirglielo voi!... (*piano*). Che figuraccia mi fate fare! (*via dalla terrazza*).

SCENA XIII

Alberto e la contessa.

CONTESSA	(*con finta emozione ed ipocrita compassione per Adele*). Signore… Io ho fiducia, molta fiducia nella sua lealtà, nel suo delicato sentire, nella nobiltà dell'anima sua! Ella comprenderà perfettamente tutta la delicatezza della mia posizione e saprà apprezzare il sentimento che mi decide a fare un passo… che uno spirito volgare potrebbe reputare sconveniente… (*con espressione quasi soffocata dall'emozione*), e che forse mi costerà molto!… Devo parlarle di una povera donna che mi ha commosso fino alle lagrime svelandomi l'angoscia che la divora in segreto… di una povera donna che ha riposto tutta la sua esistenza in un affetto!… È un debito di lealtà che compio… forse una riparazione!… Ma Dio m'è testimonio!… Oh, noi povere donne!… Come siamo deboli!
ALBERTO	(*sorpreso*). Ma, signora… non saprei…
CONTESSA	Comprendo tutta l'importanza del sacrificio che le domando! (*con un sospiro*). Ma quanto più grande sarà cotesto sacrificio tanta maggiore è la mia fiducia che il suo nobile cuore lo accetterà!… (*con finta emozione*). Bisogna farlo, signore!… per lei!… e per me! (*con voce soffocata e come vinta dall'emozione si nasconde d viso fra le mani*)
ALBERTO	(*c s.*). Ma che ho fatto?… Dio mio!…
CONTESSA	(*marcatamente*). Nulla… lo so anch'io… Ma certi segreti si leggono negli occhi!…
ALBERTO	Quali segreti?
CONTESSA	Ella ha indovinato tutto!… (*come arrossendo*).
ALBERTO	Tutto!… Dio mio!
CONTESSA	Or ora… in questo istesso luogo, me l'ha detto!
ALBERTO	Ma avrà visto anche che io non ci ho colpa… che ho lottato, che ho sofferto che è una fatalità più forte di me, della mia volontà, della mia disperazione!… che io sono assai più infelice di lei!
CONTESSA	(*col viso fra le mani*) Ahimè!
ALBERTO	E giacché la mia volontà è fiacca, giacché il cuore se ne muore, giacché la mia lealtà è compromessa… io mi farò saltare le cervella!
CONTESSA	(*vivamente*). Ah!
ALBERTO	(*con espressione d'indicibile abbattimento*). Sì morire! morire mille volte!
CONTESSA	(*con civetteria*). Ingrato!
ALBERTO	Sciagurato piuttosto!

CONTESSA	(*con finto trasporto*). Ingrato ed egoista che non vedete quello che soffrono gli altri... e non pensate che la vostra follia sarebbe un doppio delitto... e spezzerebbe il cuore di altre persone!... (*chinando il capo come vergognosa di essersi lasciata trasportare dalla commozione*).
ALBERTO	Oh, meglio! Meglio il delitto. Meglio l'assassinio che questo spasimo di tutte le ore, di tutti i minuti, questa tortura a fuoco lento, questo sforzo impotente del cuore, queste ipocrisie dell'amore!... Meglio mille volte!... Sono stanco! orribilmente stanco!
CONTESSA	(*vivamente*). Ma non vedete che soffro anch'io!... che soffro più di voi! Ebbene fuggitemi! fuggitemi!
ALBERTO	(*sorpreso*). Fuggirvi!... e perché?
CONTESSA	Ma non vi ho detto che quella donna vi ha letto in cuore... ed è gelosa!
ALBERTO	(*c.s.*). Gelosa!... e di chi?
CONTESSA	(*col viso fra le mani*). E me lo domandate!... Oh, fatelo per me Alberto! ... fatelo almeno per me!... fatelo per il mio onore, per la mia pace, pel mio cuore!... giacché anch'esso è debole!... uomo fatale!
ALBERTO	(*c.s.*). Ma, signora... io non comprendo... io non so come Adele abbia potuto dirle... quello che non ho detto... quello che non è...
CONTESSA	(*vergognosa e furibonda*). Ah! ma questa è un'infamia!... è un indegno agguato di cui sono vittima!...

SCENA XIV

Il cavalier Falconi e detti.

FALCONI	(*che è stato a spiare di tanto in tanto dietro l'invetriata, entra furibondo*). Non parlate di agguati, signora, che son furibondo! Ah! avevo ben ragione di dubitare!... Ho fatto per la prima volta in vita mia la parte del marito geloso... Mai non l'avessi fatta!... Quello che ho visto!... Ma capite benissimo che non sono geloso, signore!... altrimenti vi sfiderei! ... vi ucciderei!... Ma è il ridicolo della mia posizione che mi rende furioso!... il ridicolo di cui sono vittima!
ALBERTO	Signore, io sono ai vostri ordini.
FALCONI	(*c.s.*). Non s'incomodi... non l'ho con lei!... Che diavolo poteva fare dippiù... anzi di meno?... Non si sfidano i Giuseppe!... È madama Putifarre che deve rendermi conto!...
CONTESSA	(*in collera*). Che m'importa di voi! Andate al diavolo voi e tutti i Giuseppe! (*via*).

FALCONI	(*seguendola*). Di voi m'importa anche meno!... ma per l'onore della mia posizione maritale!... Oh! mi renderete conto! strettissimo conto (*via*).

SCENA XV

Adele e Alberto.

ADELE	(*che ha ascoltato tutto dietro la tappezzeria dell'uscio corre a lui smarrita delirante quasi in istato di esasperazione*). Dimmi!... Non ami neanche colei!... quella donna bella, elegante, affascinante di vezzi e di spirito!... Non l'ami!... Dillo! Te l'ho gettata fra le braccia per vedere se il tuo cuore è ancor vivo... e tu la respingi!... Ma dunque!... Ma dunque non hai più cuore!... Ma dunque è impossibile che tu mi ami più!... Tutto è finito! Oh, Dio!
ALBERTO	Oh! Adele!... per pietà!...
ADELE	(*interrompendolo come disperata*). Non dirmi nulla!... Non dirmi nulla! Strappami il cuore dal petto con le tue mani piuttosto... mi farai bene! Non ho più speranza, capisci?... No, tu non puoi capire perché ti spezzeresti il capo dalla disperazione su queste pareti!... Non mi ami più! ... Peggio ancora! non puoi più amare!... ho provato di farti sentire il veleno della gelosia, quello più acre, più feroce per voialtri uomini, quello dell'amore colpevole! Se tu avessi urlato di spasimo!... se mi avessi strangolata con le tue mani!... se ti fossi fatto uccidere da quell'uomo!... Neanche questo!... Tu non hai detto nulla... il tuo cuore è morto, vigliacco!... Ho cercato di farti provare un capriccio per un'altra donna... sì sono stata io!... io tua amante! Io gelosa come una furia, che ti ho gettato ai piedi quella sfacciata... per provare se in fondo a questa massa inerte che ti sta in petto ci sia ancora un briciolo di vita, una scintilla di elettricità!... Tu!... Tu uomo d'ingegno!... tu poeta... tu non puoi comprendermi!!! non hai immaginato che se avessi visto innamorarti di un'altra donna avrei avuto sempre la speranza di riacquistare il tuo amore... giacché nessuna potrà mai amarti come io t'amo!... sì, sì! t'amo ancora... disgraziato! e saresti tornato a me!... ebbene! no! il tuo cuore è stanco di amare!... Tu l'hai respinta quella contessa... quella abbietta creatura che veniva a chiederti i resti del mio amore! Ho visto tutto, ho udito tutto, dietro quella portiera! Sono stata gelosa di quella donna, del suo sorriso, delle sue parole, delle sue moine, della sua civetteria, della sua bellezza!... perché quella donna è così bella!... e tu non ti sei gettato nelle sue braccia!... Ma che sei diventato adunque? Non senti più; non vedi più, non hai più cuore!... Tutto è finito!... Tutto!... e per sempre (*piangendo*).
ALBERTO	(*risoluto ma colla morte nell'anima*). Ascoltami, Adele! Per l'anima mia!

81

ascoltami!... ché mi sembra di parlarti per l'ultima volta... Hai sofferto? ... se tu mi vedessi in cuore avresti paura!... Sì, sono stanco! sono stanco di fingere, di mentire, di invocare quello che è per sempre sfuggito, di dissimularti quello che soffro!... Tu non puoi immaginartelo!... È qualche cosa di spaventoso! L'hai visto con i tuoi occhi istessi... non potrei amare altra donna... il mio cuore non potrà essere che tuo... Oh! ti giuro che sarà sempre tuo!... sempre! sofferente, malato, moribondo! Ma qualche cosa si è avvizzita qui dentro... Io non so come ciò sia avvenuto... C'è un vuoto che fa terrore! T'amo ancora!... oh, ti amo! te lo giuro!... Ma come ti amo?... Non lo so e non mi basta!... Vorrei amarti... ho bisogno di amarti con gli stessi trasporti, colle stesse frenesie di un tempo... quando tutto il tuo amore, e la tua bellezza, la tua vita non bastavano ad estinguere l'immensa sete che avevo di te!... Quando passavo le notti sotto le tue finestre fantasticando col lume della tua lampada notturna, baciando cogli occhi la tua ombra, sognando ad occhi aperti tutte le carezze e tutte le ebbrezze di una passione insensata il mio sogno non arrivava sino al desiderio di baciare il lembo della tua veste... ed ho bevuto dai tuoi labbri il segreto del tuo cuore e mi sono cullata la tua testa sui miei ginocchi! ed ho immerso le mie mani nei tuoi capelli ed i miei occhi nei tuoi!... avrei dato tutto il mio sangue per udire soltanto il mio nome proferito con la tua bocca... e tu m'hai detto che mi ami!... e non son morto! e non son rimasto fulminato di delirio, di gioia, di felicità!... Ma poi... quando cotesto sogno febbrile di amore non ebbe più misteri per me... quando non ci fu nulla di inesplorato nel tuo cuore pel mio... io non ho desiderato più nulla!... nulla!... È orribile!... No! ho desiderato il fascino, il mistero di una volta!... ho desiderato che fosse ancora un mistero per me cotesto amore di cui mi sono abbeverato sino alla sazietà! È un'orribile malattia del cervello! è l'infame brama dell'ignoto che appagata si spegne... e ci strappa dal cuore ogni illusione, ogni entusiasmo, ogni energia d'amore!... Ho cercato quei sogni pronato alle tue ginocchia, quell'ebbrezza che trovavo nelle tue carezze, quel fascino che c'era nei tuoi occhi!... desolato. Ho fatto di tutto... ho mentito a te, e non trovo più nulla!... nulla! a me... Oh; tu non puoi sapere com'è atroce questa tortura!... Odio me stesso, questa inferma e povera natura umana, mi disprezzo, mi maledico! Sono stanco, Adele. Sono orribilmente stanco di questa lotta disperata... e vorrei morire!

ADELE

Perché non ti sei fatto saltare le cervella adunque! uomo senza cuore?

ALBERTO

Per te...

ADELE

Per me?... Che m'importa di te a me! Che m'importa se soffri, che m'importa se piangi, che m'importa se muori!... Ho più cuore forse io?... Tu che me l'hai sciupato... ladro! ladro! ladro! (*con lagrime disperate*).

ALBERTO

Oh! Adele! Abbiate pietà di me!...

ADELE

Pietà! Ma hai avuto pietà di me, tu?... Ah! era forse pietà la tua ipocrisia, le tue finte carezze, la limosina del tuo sorriso?... Ma non avesti cuore per indovinare che sarebbe stato meglio lasciarmi le mie illusioni, le mie memorie... non umiliarmi con la tua pietà, non avvilirmi, con la tua finzione... fuggirmi... lasciarmi credere che ti fossi annegato... che ti fossi ucciso! Ma non capisci che noi non possiamo più vivere insieme... non possiamo più essere amici. Ma non capisci che tu mi sei odioso!... Che la tua presenza qui, in questa casa, è un insulto! che mi irrita! che mi fa soffrire! che io ti odio! che io ti disprezzo!

ALBERTO   (*con amara ma dignitosa risoluzione*). Meglio per voi, signora!... e forse per me!

ADELE   Ma vattene dunque! Vattene! Maledetto! maledetto! maledetto!

ALBERTO   (*c.s.*). Io non avrei creduto che dovessimo arrivare a questo punto... ma giacché ci siamo arrivati è meglio non tornarci mai più.

ADELE   (*c.s.*). Sì! Vattene!... tu che non mi ami più... ascolta! Ascolta!... Non partire!... non voglio! capisci? Pel mondo... per quei curiosi... bisogna fingere... Non partire!... partirò io!... stasera... stanotte... domani quando non mi vedranno...

ALBERTO   Addio, Adele! (*via dalla sinistra*)

ADELE   (*cadendo sul divano col viso fra le mani*). Ah! mio Dio! Ah! mio Dio! Ah! mio Dio!

SCENA XVI

La signora Merelli, il comm. Gaudenti, Lucrezia e Paolo, dalla terrazza e detta.

SIG.RA MERELLI   (*entrando piano al commendatore*). Che vuol dir ciò? La contessa che se ne va con suo marito senza dirci nulla! Gatta ci cova!

ADELE   (*facendo uno sforzo per ricomporsi*). Ah! ancora il mondo!

LUCREZIA   Signora! Signora!... Mio Dio! che ha, signora?... Che è stato?

ADELE   (*nella massima agitazione*). Nulla... È che... non sto proprio bene... Vi prego di scusarmi, signori...

LUCREZIA   Oh! Mio Dio! Ma è in uno stato da far spavento!

PAOLO   Bisogna mandare pel medico.

GAUDENTI   Corro io stesso!

SIG.RA MERELLI   (*sottovoce*). Quanta premura!... Non ne avete altrettanta per vostra moglie!

GAUDENTI   (*sottovoce*). Ohimè! Non me ne date mai l'occasione... Voglio dire grazie a Dio.

ADELE   (*con uno sforzo penoso*). Oh, non occorre!... Ecco è passata!... Questi benedetti nervi!… Ma adesso sto bene… Anzi, per non tenere questi signori… se volessimo scendere in giardino… (*scoppiando in singhiozzi*) Ah! Dio mio!

LUCREZIA	Ma sta proprio male!… Oh, Dio!

ADELE (*con un riso amarissimo*). È proprio nulla!… noi donne… non si muore così per poco!… Siamo così leggere (*come fuori di sé*) che anche il dolore… E il dolore di nervi è presto passato!… (*come parlando in delirio fra se stessa*) Ah! Dio mio!… Che fa?… Che fa adesso?… (*suona*). Signori… domando scusa… ho bisogno di dire qualche cosa alla mia cameriera.

SIG.RA MERELLI (*piano al commendatore*). Eh! già in questi casi equivoci c'è sempre del torbido.

GAUDENTI (*piano*). Delizie! Delizie addirittura in confronto delle dolcezze che mi procurate in casa nostra.

SCENA XVII

Giulietta con una lettera e detti.

GIULIETTA (*prima che Adele si è a lei avvicinata abbia potuto dirle nulla*). Il signor Alberto mi ha dato questa lettera per madama.

ADELE Una lettera!… a me!… che sarà?… Signori vi domando perdono… Ma sono così… sto proprio male… Ho bisogno di restar sola… Scusino… Ho proprio bisogno di sapere… di vedere… di essere…

LUCREZIA (*baciandola*). Vado via… ma proprio con dolore!… Come devi soffrire!

ADELE (*sorridendo convulsamente*). Sì!… No!… Al contrario… questa lettera… sarò forse felice… mi dirà che… vorrei…

PAOLO (*stringendole la mano*). Si rammenti di noi, almeno, se ha bisogno di nulla.

ADELE Grazie… Lo so… grazie… gli amici… grazie…

SIG.RA MERELLI (*con ipocrita compassione*). Signora, i miei complimenti!

ADELE Madama…

GAUDENTI Ci comandi pure… Saremo felici…

ADELE … Signore…

SIG.RA MERELLI (*prendendogli il braccio*). Commendatore!

GAUDENTI Il diavolo vi porti. (*via*).

SCENA XVIII

Adele sola.

ADELE Che sarà?... Che vorrà dirmi?... Mio Dio, come tremo!... Perché tremo? Mi amerà ancora... me l'avrà scritto... perché non può essere... Mio Dio! la mia povera testa!... Non può abbandonarmi... Non può abbandonarmi così... Non potrà vivere... Mio Dio... Perché tremo? Mio Dio! la mia testa!... (*apre la lettera e legge*). "Signora... signora... signora... Al punto in cui siamo... non possiamo più vivere insieme! Io parto! Addio!". (*con un grido selvaggio scotendo il campanello*) Ah!!!

SCENA XIX

Giulietta e detta.

ADELE (*convulsa*). Il signore... il signore Alberto!... Chiamatelo! Subito! subito!

GIULIETTA Il Signor Alberto è partito a cavallo subito dopo avermi consegnata quella lettera.

ADELE Partito! Partito! È partito!... Ma dunque... ma non c'è più... Ma tutto è finito!... Sola! Dio mio! Sola!

FINE